DE SCHOONHEID EN HET BEEST

INTERSTELLAIR BRUIDSPROGRAMMA: DE BEESTEN - 3

GRACE GOODWIN

De schoonheid en het beest
Auteursrecht © 2021 door Grace Goodwin
Interstellaire Bruiden® is een geregistreerd handelsmerk

van KSA Publishing Consultants Inc.

Alle rechten zijn voorbehouden. Geen enkel deel van dit boek mag worden gereproduceerd of overgedragen in welke vorm of op welke manier dan ook, elektronisch, digitaal of mechanisch, inclusief maar niet beperkt tot fotokopiëren, opname, inscannen of door middel van welk type dataopslag- en zoeksysteem dan ook, zonder uitdrukkelijke, schriftelijke toestemming van de auteur.

Gepubliceerd door KSA Uitgevers
Goodwin, Grace
Omslagontwerp auteursrecht 2021 door Grace Goodwin
Afbeeldingen/Fotokrediet: Deposit Photos: mppriv, alexannabuts

Opmerking van de uitgever:
Dit boek is geschreven voor een volwassen publiek. Het boek kan expliciete seksuele inhoud bevatten. Seksuele activiteiten in dit boek zijn louter fantasieën, bedoeld voor volwassenen en alle activiteiten of risico's genomen door fictieve personages in het verhaal worden niet goedgekeurd of aangemoedigd door de auteur of uitgever.

1

*uinn McCaffrey, 9 News Hoofdkwartier.*

"Ik heb gehoord dat hij bijna twee en halve meter lang is." Ellen bracht met haar zachte kwast een laatste beetje poeder op mijn neus en wangen aan, maar haar blik gleed steeds naar een poster die tegen de spiegel op de make-uptafel naast ons was geplakt.

"Ze zijn allemaal twee en halve meter lang," zei ik. En gespierd. En te verdomd mooi.

En aliens. Ik moest harder mijn best doen om dat te onthouden. We hadden het niet over jongens van het strand of een team hockeyspelers. Deze mensen waren niet eens menselijk.

"Ik vind deze leuk." Susan wees naar de Atlan krijgsheer die helemaal rechts op de poster stond. Ze moest hem van de muur hebben gehaald twee verdiepingen lager. Ze waren daar bezig met de opnames van de Vrijgezellenbeest televisieshow, of probeerden dat in ieder geval, voor de derde keer. Deze hoogbouw telde veel TV producties, maar de hete reality show was de enige die ons ooit interesseerde. In het eerste seizoen was Wulf de vrijgezel. Hij had zijn partner gevonden, maar niet tussen de deelneemsters. Ze was een visagiste op de set, en misschien hadden Ellen en Susan daarom die verlangende blik op hun gezicht als ze naar de groep sexy meiden staarden.

De tweede vrijgezel, Braun, had zijn partner gevonden bij één van de kamermeisjes van het hotel. Ze waren nog niet eens begonnen met het opnemen van de show voordat hij haar mee terug nam naar de ruimte. Aan het gerommel in het gebouw te horen, waren de producenten niet tevreden over de gang van zaken. Het was één ding voor een menselijke man om geen klik te hebben met een vrouw, maar deze Atlans hadden beesten in zich die precies wisten wat ze wilden. Als ze het vonden. En dat hadden ze, hoewel het niet op de manier was die de show wilde.

Hoewel Wulf en Olivia belachelijk hoge kijkcijfers hadden en we dag na dag over hun relatie spraken - als het zo heette. Het was, handen naar beneden, H.O.T.

"Hij heeft van dat donkere haar," ging Susan verder, terwijl ze met dromerige ogen naar de poster staarde. "Zie je die glimlach? Ik zweer je dat mijn slipje in brand zou vliegen als hij zo naar me keek."

"Komt die poster van beneden?" Ik zat in de make-up stoel en probeerde de laatste print van de weergegevens te bestuderen, terwijl ik mijn best deed om het geklets tussen de twee haar- en make-up specialisten te negeren - en de glorieuze poster gevuld met niet één maar vijf zeer aantrekkelijke alien krijgsheren. Vanwege de problemen in de eerste twee series, besloten de producers - na twee mislukte pogingen om de buitenaardse Atlans onder controle te krijgen na hun aankomst op Aarde - dat hun beesten niet voor niets beesten werden genoemd.

Eén blik op de vrouw die ze wilden en de show was voorbij. Of TV show was voorbij, aangezien de opnames moesten stoppen. Opnieuw. En opnieuw. Blijkbaar geloofden deze beesten niet in onderhandelen als ze eenmaal een partner hadden gekozen. Na één blik was het gedaan voor zowel Wulf als Braun.

Zucht. Geluksvogels, als de aantrekkingskracht maar wederzijds was. Dat was het ook voor Olivia en Angela. Maar als dat niet zo was? Nou, dat was een beerput waar ik nu niet aan wilde denken.

De televisie producenten waren slimmer geworden. Deze keer hadden ze vijf Atlans opgesloten in dit gebouw. Geen hotels meer voor hen. Ze mochten zelfs niet van de set af totdat de show echt begon. Ik hoorde dat de verzekeringsmaatschappij en de adverteerders dreigden de stekker eruit te trekken als er deze keer geen romance te zien zou zijn op het scherm. Het sleutelwoord was op het scherm.

Het was nog niet bekend gemaakt wie van de vijf het nieuwste vrijgezellenbeest zou worden, maar één van hen moest wel lukken.

"Nou, ze hebben dit prachtige kunstwerk in de gang achtergelaten, nietwaar?" Susan was net klaar met het haar en de make-up van de presentator. Hij kletste nooit, bleef nooit hangen en vertrok net zo snel als hij binnenkwam. Het was een aardige vent, maar hij had geen zin in vrouwenpraat. We konden niet zo gezellig kletsen met hem erbij. Susan ruimde haar werkplek op terwijl ze aan het praten was. "Als ze niet wilden dat iemand het in handen zou krijgen, hadden ze het niet zo moeten laten liggen."

Ik moest mijn lach inhouden, want ik kon er niets tegenin brengen. Ik genoot veel meer van de poster terwijl ik hier bezig was met het haar en de make-up dan dat ik zou doen als de poster nog twee verdiepingen lager hing.

"Die aliens zijn leuk om naar te kijken," beaamde Ellen, terwijl ze dromerig voor zich uit staarde.

Susan zuchtte als een verliefd meisje uit de brugklas, wat dubbel zo grappig was omdat ze al in haar zesde jaar zat en al vier jaar getrouwd was. "Verdorie, schat, als mijn man niet thuis op me wachtte, zou ik nu meteen naar beneden gaan om te kijken of ik in mijn eentje een van die beesten in paringskoorts zou kunnen brengen."

"Nou, ik ben vrijgezel, dus misschien verdwaal ik wel na het werk." Ellen giechelde terwijl ze de laatste hand legde aan mijn make-up. Ik kon niet anders dan glimlachen. Als ik niet alle mannen had afgezworen - mens of alien, het maakte me niet uit, als ze een penis hadden - had ik er misschien over gedacht hetzelfde te doen. Want ze had geen ongelijk. De Atlan die ze van de poster had gekozen met het donkere, donkere haar heette Bahre, en er was gewoon iets aan hem dat mijn hele lichaam deed sidderen. Wat een zeer ongewenste situatie teweegbracht. Ik had Chicago - en het nationale nieuws - achter me gelaten voor een reden. En die reden was niet veranderd in het voorbije jaar dat ik in Florida was. Ik fronste mijn wenkbrauwen bij de gedachte. Mannetjes van welke soort dan ook waren op dit moment geen optie. Nee, dank u.

Ik werkte voor de zender - en met Ellen - sinds ik bij het lokale nieuws team zat, en ze wist wat ik leuk vond. Ik nam altijd de tijd, terwijl zij mijn gezicht en haar verzorgde, om de weergegevens nog eens door te nemen. Ik haatte het om te klungelen voor de camera, vooral omdat mijn deel van de uitzending live was. Het gepraat over het nieuwste vrijgezellenbeest deed me denken aan de hete Atlan, - ja, Bahre - die ik eerder in de lobby had gezien in plaats van aan het koufront dat ten zuiden van de stad was blijven steken. En met koufront, bedoelde ik in de jaren zeventig.

Mijn vorige zender was in Chicago geweest, waar het weer voortdurend veranderde, dus de aanhoudende temperaturen van Zuid-Florida waren niet zo ingewikkeld. Het leek erop dat het in Florida of zonnig was of het regende alsof de wolken ons wilden verdrinken.

Ik richtte mijn blik op en keek naar Ellen in de spiegel. Ze had brutale paarse strepen in haar blonde haar, die pasten bij haar persoonlijkheid. Ik probeerde me haar voor te stellen met een van die extra grote Atlans.

Nope. Dat lukte niet.

Maar ik met dat enorme, getekende beest? Degene die ik eerder had gezien toen ik op het werk kwam? God. Mijn borsten werden zwaar, en ik wist dat mijn gloednieuwe roze kanten slipje doorweekt zou zijn. Hij had me natuurlijk niet gezien, want hij werd overspoeld door fans en beveiliging - niet dat zo'n grote alien iemand nodig had om hem te beschermen. Ellen begreep mijn blik totaal verkeerd. Gelukkig maar.

"Wat?" vroeg ze me met een grijns. "'Wil je straks met me mee naar beneden? Jij bent ook vrijgezel, jongedame. En prachtig."

"Nee, dank u." Ik had Bahre in levende lijve gezien en was bijna gestruikeld over de trap. Ik nam liever de trap dan de lift, want ik vond mijn kuiten mooi staan op hoge hakken, en die tocht van vijf verdiepingen elke dag was voor mij het spannendste wat beweging betreft. Vandaag had het kleine glazen venster dat uitkeek op de lobby me gered om me niet voor schut te zetten voor die alien sexgod. Ik ging niet weer bij hem in de buurt komen of ik zou voor schut staan.

"Kom op, Quinn," drong Ellen aan, terwijl ze nog een laatste keer met een grote borstel over mijn gezicht ging. "Er zijn vijf prachtige Atlans. Zeg me niet dat niet één van hen je boter doet smelten."

Haar zuidelijke uitspraken pasten bij haar zware accent uit Georgia. Ik kon niet anders dan lachen.

"Bahre?"

Ellen en Susan knikten samen als poppetjes op een dashboard.

"Dus het is Bahre, nietwaar?" Susan trok haar wenkbrauwen op en gaf me die moederlijke ik-weet-wat-je-denkt-blik.

"Bahre, hè?" vroeg Ellen en haalde toen haar schouders op. "Oké. Jij mag Bahre hebben, en ik neem een van de anderen."

Alsof we de hete aliens gingen verdelen zoals we golfpartners kozen.

Ik opende mijn mond om haar tegen te spreken, want dit was gewoon onnozel geklets, maar ze liet me zwijgen door naar me toe te komen met het glanspenseel in de hand en nog een laagje op mijn lippen te brengen. "Oh nee, dat doe je niet. Je gaat met me mee om te gluren. We hebben onze pasjes om het gebouw binnen te komen. We zijn het aan alle vrouwen verplicht om daar naar beneden te gaan en te kwijlen. En kom niet aanzetten met dat ik-kan-mijn-haar-niet-verprutsen praat," voegde Ellen eraan toe. "Iedereen raakt in de war en bezweet in sexy tijden, zelfs de 'ijs en sneeuw koningin, Quinn McCaffrey'."

Ik tuitte mijn lippen die ze net had gestift en staarde. De niet flatterende bijnaam was afkomstig uit mijn tijd in Chicago. Niet omdat ik het weerspotje deed voor de nationale nieuwszender, maar omdat een paar jaar geleden een ex-vriendje onze breuk en slechte bedprestaties - alleen te wijten aan zijn egoïsme en gebrek aan vaardigheid - heel openbaar had gemaakt. Heel, heel erg openbaar. De arrogante acteur, Jeff Randall, had me zelfs de 'ijs- en sneeuwkoningin' genoemd in een live reclame-interview op het televisiestation waar ik werkte. Hij had net zoveel klasse als het achterste van een ezel.

En toen had hij het lef om te vragen of ik met hem wilde trouwen. Hij zei dat ik zijn eigendom was. Als. Daar. Geweest. Daar gedaan. Ik kreeg dat vreselijke T-shirt, liep weg, maar hij volgde me.

Ik liep weg, maar hij volgde me.

Hij volgde me nog steeds, ondanks het straatverbod.

Susan en Ellen keken me aan, dus ik schraapte mijn keel en probeerde me te herinneren waar we het in godsnaam over hadden gehad. "Wat?"

"Jullie hebben me gehoord. Als je haar ook maar één haartje niet goed zit, is het een nationale noodtoestand.

"Ik ben niet zo kieskeurig over mijn haar."

Beide vrouwen rolden met hun ogen.

Ik snoof. " Nou, ik vind het dus niet leuk als mijn haar in de war zit. Ik bedoel, ik probeer alleen maar al je harde werk te beschermen," voegde ik eraan toe, met de zoetheid er een beetje dik bovenop. Ellen kreeg het voor elkaar om me er elke dag geweldig uit te laten zien, hoe moe ik ook was. Ik waardeerde haar talent. Het feit was dat ik er graag zo goed mogelijk uit wilde zien. Haar. Make-up. Schoenen. Ze waren mijn bescherming tegen de wereld. Hoe beter ik eruit zag, hoe zelfverzekerder ik me voelde.

Ellen lachte, ze geloofde het niet. "Goed geprobeerd, vriendin."

"Trouwens, je zei gluren. We gaan niet naar beneden om seks met een van hen te hebben," reageerde ik. "En het verbaast me dat je denkt dat ik zo veeleisend ben dat ik niet van een wilde vrijpartij zou houden."

"Je bent wel veeleisend, maar je bent geen maagd," zei Susan, terwijl ze me van top tot teen bekeek.

Ik vroeg me af of ik door al hun verzorging meer op een mannenmagneet leek dan op een meteoroloog die gewoon haar werk deed op de lokale tv.

Ik snoof. Het deed er niet toe. Ik was niet meer beschikbaar. Geen mannen. Geen liefjes. Nee. Seks. Ik had dat soort problemen niet nodig in mijn leven. Mijn vibrator probeerde mij niet te controleren. Ik controleerde hem.

Ze keken nog steeds naar me, dus rolde ik met mijn ogen. "Geen maagd hier. Ik hou net zoveel van seks als iedere andere vrouw."

"Dus je gaat met me mee, Quinn. Dit gaat gebeuren." Ellen klapte met een opmerkelijke vrolijkheid als je bedenkt dat het over mijn seksleven ging. Mijn nietbestaande seksleven. In het verleden was er wel een geweest, maar het was geen nieuwsbericht waardig geweest, zeker niet. Toen Don en ik nog verkering hadden, moest ik voor een groen scherm staan en hem een kaart geven naar mijn clitoris. De enige jongen waarmee ik sindsdien uitging, was niet veel beter. Veel erger, eigenlijk. Hij was geobsedeerd. Gek. Sleep-hem-voor-de-rechtbank-en-vraag-een-verbod gevaarlijk. Jeff Randall was een echte stalker. Ik weet ze wel uit te zoeken, mopperde ik mentaal. Nee, dank je.

"Net zoals het weer, heb ik een beetje een droge periode," gaf ik toe.

"Schat, jij bent de Sahara woestijn." Susan's stille gemompel deed me op mijn lip bijten.

"Nou, een stalker kan een vrouw zeker afschrikken om uit te gaan."

Beide vrouwen hadden daar geen antwoord op, omdat ze wisten dat ik gelijk had. Mannen waren of onzekere klootzakken die de bliksemsnelle ontwikkeling van mijn carrière niet hadden kunnen verwerken, of een stalker. Dat laatste was te veel geweest, en ik had ervoor gekozen mijn baan op te zeggen en naar de andere kant van het land te verhuizen om bij hem uit de buurt te zijn.

"Nou, we hebben het niet over mensen van de Aarde. We hebben het over Bahre. Ik bedoel, hij is een klasse apart," zei Ellen, en bracht het gesprek terug naar de sexy alien.

"Hij is niet van deze wereld!" voegde Susan eraan toe, en ik kon niet anders dan met ze mee lachen om de stomme woordspeling.

"Als die vent in mijn broek wil, trek ik hem voor hem uit," gaf Ellen toe.

Ja, dat zou ik waarschijnlijk ook doen. De Atlans die voor de show waren gestuurd, waren inderdaad knap. Robuust. Enorm. Sterk. Serieus. Intens.

"Als ik niet getrouwd was..." zei Susan, terwijl ze haar hoofd schudde alsof het een schande was dat ze verliefd was op haar middelbare schoolliefje.

Een vaste stagiair stak zijn hoofd binnen in de kamer. "Tien minuten!"

Zijn waarschuwing deed me naar de klok aan de muur kijken. Het avondnieuws was al begonnen, maar mijn weerprogramma was pas halverwege.

Ellen spoot nog wat spray in mijn haar en trok toen de mantel om mijn nek los.

Ik controleerde nog eens in de spiegel of alles er goed uitzag. Natuurlijk, ik zag er beter uit dan goed. Ellen was erg goed in haar werk. Een feit waar ik gek op was en dat ik had aangekaart bij onze manager toen ze mijn mening vroegen tijdens haar beoordeling. Ze had opslag gekregen, en ik had een goede vriendin blij gemaakt. Ze legde een hand op mijn schouder, boog zich voorover en keek me in de spiegel aan.

"Kom op, geef het toe. Gewoon tussen ons meisjes.

Een jongen met littekens zoals Bahre? Je wilt hem zeker toch wel hebben."

Ik rolde met mijn ogen. Opnieuw. Ik stond op en draaide me naar hen toe. Op mijn torenhoge hakken voelde ik me machtig en klaar voor mijn optreden. "Is het je ooit opgevallen dat je alle zuidelijke metaforen gebruikt als je ergens opgewonden over bent?"

Ze sloeg haar armen over haar borst en tikte met haar voet. Wachtte.

Ik gooide mijn armen omhoog, de papieren in mijn hand wapperend. "Prima! Hij is... ongelooflijk. Ik dacht dat Wulf en Braun sexy waren, maar je hebt gelijk, die oorlogslittekens maken Bahre gevaarlijk, maar het soort kerel dat iedereen in elkaar zou slaan die je kwaad zou kunnen doen. Mannelijk, hoewel hij geen man is. Hij is...

"Een alien," zeiden beide vrouwen tegelijk.

"Precies." Ik liep naar de deur, trok hem open, maar wierp een blik over mijn schouder op hen. "En ja, mijn slipje zou waarschijnlijk in vlammen opgaan als ik hem ooit in levende lijve zou ontmoeten. Niet zo best voor live tv."

Susan lachte. "Ik zou betalen om dat te zien, dus ik denk dat je het mis hebt."

Ik lachte ook. Ik kon het niet voorkomen. "Jullie zijn allebei herrieschoppers."

"Dat kun je wel zeggen." Ellen was het met me eens, maar ze grijnsde en had niet het minste berouw. "Ik zie je na het werk. Jij gaat met mij mee naar beneden. Ze zijn met z'n vijven. Ik heb een rechterhand nodig."

"Geen denken aan."

Ze knipoogde en ik wist dat ik in de problemen zat.

Ze was maar een paar jaar jonger dan ik, en ik wilde niet dat ze daar alleen heen ging. Te gevaarlijk. Zij zou het doen. Ze was vrijgezel en grappig en leuk, en ze verdiende het om het geluk te vinden, zelfs als het met een alien was.

Ik kon geen nee zeggen.

"Ik geef je vijf minuten en dan zijn we weg," bood ik aan. "Ik meen het. Vijf."

Ze klapte van blijdschap. Ik vertrok en liep door het doolhof van gangen naar het hoofdpodium om in de coulissen op mijn beurt te wachten. Alle gedachten aan een hete alien moesten worden weggeduwd. Het was showtime.

2

Krijgsheer Bahre, Vrijgezellenbeest set, twee verdiepingen onder Nieuws 9.

"Ik heb Chet gevraagd ons een kledingstuk te brengen van elk van de vierentwintig vrouwen. Tane zat op de rand van het podium waar ik Wulf vandaan had zien springen om zijn vrouw op te eisen. De rest stond te wachten of ijsbeerde in de open ruimte, net als ik. We begrepen allemaal wat er op het spel stond voor de anderen in De Kolonie. Eén van ons moest meedoen aan deze menselijke vind-je-partner show van een televisieprogramma. Eén van ons moest een vrouwtje kiezen uit degenen die ze aanboden. "We moeten proberen de vrouwtjes te ruiken voor we ze morgen ontmoeten. Misschien vindt één van ons zijn partner."

Ik zou het niet zijn. Mijn verbeterde cyborg reukzin had elk vrouwtje al beoordeeld en afgewezen, en ik had ze nog niet eens ontmoet. Toch hadden de anderen niet de ongewone integraties die Dr. Helion had gereserveerd voor degenen in zijn dienst bij de Inlichtingen Kern van de Coalitie Vloot zaten. Ik was geen typische Atlan krijgsheer. Dat was ik al heel lang niet meer.

"Mee eens." Iven ging onrustig met zijn hand over zijn hoofd. Hij woonde al meer dan een jaar op De Kolonie, en Maxim had hem aan deze Vrijgezelle Beestengroep toegevoegd toen hij hoorde dat er nog steeds geen match in het Bruidenprogramma was gevonden. "Waar zijn de voorwerpen die de geuren van de vrouwtjes dragen?"

"Ik heb ze hier." Tane tastte in een klein koffertje en haalde er doorzichtige verzegelde zakjes uit met in elk van die zakjes gekleurde stukjes stof. Tane en ik hadden in het verleden samengewerkt, hoewel hij geen deel uitmaakte van de IC. Hij en ik waren de meest hechte van de vijf. Een vriend.

"Bahre?" Tane stak een van de verzegelde zakken naar me uit, maar ik schudde mijn hoofd.

"Mijn partner is er niet bij," antwoordde ik.

"Hoe weet je dat?" Vroeg Kai. Hij was de jongste van ons en de laatste die ontsnapt was uit de Hive.

"Ik heb hun geuren al opgevangen, en mijn beest is niet geïnteresseerd." Ik wist niet zeker of mijn woorden bitter klonken omdat ik teleurgesteld was of verveeld.

"Klote. Sorry." Tane schudde zijn hoofd en bood het kleurige rode voorwerp aan een van de anderen aan, terwijl ik door de kleine ruimte ijsbeerde tussen de camera's en andere apparatuur, en ik voelde me met elke seconde die voorbijging meer en meer opgesloten.

"Hoe heb je dat verdomme voor elkaar gekregen? Ze hebben ons afgeschermd van de vrouwen. Ben je hier weggeslopen en heb je het ons niet verteld?" vroeg Iven. Zijn mondhoeken ginven omhoog in wat voor een krijgsheer een glimlach zou zijn.

"Nee." Mijn nek deed pijn, dus leunde ik met mijn hoofd opzij en rekte het littekenweefsel daar. "De vrouwelijke geuren zijn op de set blijven hangen van toen Wulf hier was."

Iven staarde me verbaasd aan. "Dat was weken geleden. Hoe pik je in godsnaam hun geuren nu op?"

Tane duwde Iven tegen zijn schouder. "Hij was een IC. Stel geen vragen waar je het antwoord niet op wilt weten."

Iven kantelde zijn hoofd. Niemand stelde vragen over wat er binnen de IC gebeurde. "Excuses, Bahre."

Ik knikte zodat hij zou weten dat ik geen wrok koesterde. Alle anderen hier waren gevangen genomen door de Hive, geïntegreerd, en verbannen naar De Kolonie. Ik niet. Mijn integraties waren opzettelijk toegebracht door Dr. Helion om me te helpen de Hive op te sporen, te jagen en te doden, net als andere gevaarlijke misdadigers en moordenaars die op de Coalitie werelden probeerden te jagen. Ze wisten dat iedereen die cyborg-onderdelen had, verschillende extra vaardigheden bezat. Niemand van hen wist waartoe de IC in staat was. Ik wel. Maar al te goed.

We hadden allemaal littekens, maar de mijne waren uitgebreid en waren nooit genezen. De meesten die gevangen waren door de Hive hadden integraties, en veel waren zichtbaar op hun lichaam. Hoofd, nek, handen, ogen. Overal zilver. De mijne waren niet aan de oppervlakte, maar de slecht geheelde wonden wel. Ik zat dagen vast met de ambassadeur van Prillon, Heer Niklas Lorvar en zijn rechterhand, Sambor Treval, op een asteroïde, vechtend tegen Hive aanvallers voor de ReCon teams ons vonden. De littekens waren toen al geplaatst. Te laat om te herstellen met een ReGen capsule, tenzij ik voor reconstructieve chirurgie koos. Dat heb ik niet gedaan. De littekens herinnerden me aan degenen die we die dag zijn verloren, aan hoe dicht we bij het verlies van de Prillon-ambassadeur kwamen, een zeer belangrijke man in dienst van Premier Nial. De littekens herinnerden me eraan dat ik waakzaam moest zijn. Om nooit mijn waakzaamheid te laten verslappen. Ik was een beschermer en een moordenaar, in die volgorde, en ik verwelkomde de herinnering aan mijn falen op dat vrachtschip. Het zou niet weer gebeuren.

Mijn beest werkte niet op emotie of angst. Meestal voelde ik niets. Maar nu voelde ik me... rusteloos. Angstig. Ik had geen paringskoorts zoals Wulf en Braun hadden toen ze op de Aarde aankwamen, maar toch klopte mijn hart te snel. De druk in mijn aderen was te hoog. Mijn beest sluipte naar binnen zoals hij deed voor een gevecht, maar er stonden geen vijanden voor ons. Chet, de man met het roze oog, was net een verwend kind, elke keer als we hem zagen, en dat was meer dan eens per dag.

Er was hier geen dreiging. Geen gevaar. Florida was veiliger dan het paleis van de Premier.

En toch...

"Bahre. Wat is er met jou?" Tane legde het vrouwelijke voorwerp dat hij vasthield aan de kant, liep naar me toe en gaf me een schouderklopje. "Gaat het goed met je?"

"Ik weet het niet." Ik balde mijn handen tot vuisten en vocht om mijn ademhaling onder controle te houden. Langzaam. Rustig. Ik had dit soort reacties niet. Nooit. En toch was er iets. Iets had effect op me.

"Is het paringskoorts die op je afkomt?" vroeg hij.

Ik schudde mijn hoofd. "Nee." Dit was geen vuur in mijn bloed. Er was geen woest beest dat zich losrukte om alles en iedereen te doden wat we tegenkwamen. Ik was mentaal kalm. Zoals altijd. Maar mijn lichaam gedroeg zich vreemd, alsof het een eigen wil had. "Er is iets... vreemds. Ik kan het voelen."

Tane en de anderen reageerden meteen, en legden de domme vrouwenkleren opzij. We waren dan wel niet in een door de Hive gecontroleerde ruimte, maar we waren in de eerste plaats krijgsheren. Ze verspreidden zich over de kamer en zochten naar bedreigingen.

Ik deed hetzelfde, op weg naar een deuropening die nog niet door de anderen werd gedekt.

Inhalerend, ving ik een geur op. Het kleinste vleugje zoetheid dat ik nog niet eerder had ervaren.

Delicaat.

Mysterieus.

Vrouwelijk.

Van mij.

Ik gromde laag en diep.

Mijn vrouw - mijn partner - was in dit gebouw, of was er een paar uur geleden geweest.

De kennis kwam over mij en mijn beest als een koude mist over water. Alles in mij kwam tot rust toen de reacties van mijn lichaam duidelijk begonnen te worden.

Op een of andere manier had mijn lichaam op haar

aanwezigheid gereageerd nog voor ik besefte dat ze hier was. Ze was dichtbij. Ik keek om me heen, probeerde haar te vinden, alsof ze op wonderbaarlijke wijze was verschenen. Toch waren we met z'n vijven alleen op de set.

Ik schoof de deur open en liep naar buiten, het vlakke, koude trappenhuis in. Er was mij verteld dat dit voor noodgevallen was, en dat werd het al snel. Een wanhopige behoefte om haar te vinden. De geur was hier sterker, en ik ademde diep in, voelde haar in mijn longen, mijn ziel.

Mijn partner. Misschien kon zij het ijs rond mijn emoties smelten. Misschien, kon ik met haar iets anders voelen dan koude en leegte.

"Bahre?" Tane voegde zich bij me in het trappenhuis terwijl ik op en neer keek, om te besluiten in welke richting ik mijn jacht zou beginnen. Het gebouw was hoog, meerdere verdiepingen, en zij was op een ervan. "Wat is er?"

"Mijn partner is hier." Ik had nooit gedacht dat ik die woorden hardop zou zeggen.

Tane verstarde, en glimlachte toen. Ik zag het beest in hem opkomen van opwinding. "Hier? Waar?"

Ik haalde onbeduidend mijn schouders op terwijl ik de lege trap afspeurde. "Ik weet het niet. Ergens in het gebouw."

"Haar geur?" vroeg hij.

Ik knikte.

"Laten we haar gaan halen."

Zijn woorden deden me glimlachen, voor het eerst in jaren leek het wel. Ik haalde diep adem en besloot naar boven te gaan. Haar geur was al uren oud, en logischerwijs wees alles erop dat ze het gebouw was binnengekomen om haar werk te beginnen en nog niet naar buiten was gegaan.

Tenzij ze het tilsysteem had genomen dat de mensen een lift noemden. Die uitdaging zou ik wel aangaan als een echte jacht nodig was. Ik wendde me tot Tane. "Vertel het de anderen, maar ze moeten hier blijven. Ik detecteer geen bedreiging voor haar, dus ik wil mijn vrouwtje niet bang maken."

"Begrepen." Tane liet me even alleen om de anderen te informeren waar we heen zouden gaan, maar ik wachtte niet op hem. Mijn beest was plotseling gretig, en ik liep de trap op zoals ik me voorstelde dat een Everiaanse Elite Jager dat zou doen. Er was geen ruimte voor fouten in deze, de belangrijkste missie van mijn leven. Ik zou mijn partner vinden.

Mentaal bad ik tot de goden dat ze me zou accepteren. Ik was niet gewoon, zelfs niet voor een Atlan. Littekens als de mijne waren zeldzaam. De meesten die hun wonden overleefden, gingen meteen naar een ReGencapsule om te genezen. Ik had niet zoveel geluk gehad. Ik wilde ook geen chirurgische ingrepen ondergaan om me mooier te maken. Het had me vroeger nooit uitgemaakt hoe ik eruitzag. Maar nu? Ik was bang dat ze bang voor me zou zijn. Afstotend.

Ik was een krijgsheer. Met m'n littekens en m'n angstaanjagende uiterlijk kon ik m'n werk voor Dr. Helion en de Inlichtingendienst goed doen. Maar mijn uiterlijk zou me niet helpen een vrouwtje het hof te maken. Mijn vrouwtje.

Na twee trappen te hebben beklommen, verdween de delicate geur. Ik keek naar de uitgang op deze verdieping en wist dat ze daar doorheen was gegaan. Ze was hier, op deze verdieping.

Toen ik de deur opende, verscheen er een donkere kamer aan de andere kant, en ik herkende de scène van een van de menselijke nieuwsuitzendingen die lokale items uitzonden. Schermen in de lobby toonden het programma waarvan ik aannam dat het een of andere reclame was, hoewel de machines geen geluid verstrekten.

Rondom de grote ruimte stonden veel mensen in donkere ruimtes, achter camera's, microfoons controlerend en bewegend achter computerschermen.

We waren rechtstreeks op de set van dit programma terechtgekomen. Terwijl ik tegen de open deur leunde, haalde ik diep adem. Ja, ze was hier. Ik doorzocht de donkere ruimte, maar een mannenstem deed me mijn hoofd omdraaien.

De man zat achter een bureau en staarde naar een van de camera's. Hij had het over iets met het weer. De lichten verschoven en verlichtten het rechtergedeelte van de set. En daar, voor een vreemde groene muur, stond ze.

"Fuck," fluisterde ik.

Tane legde zijn hand op mijn schouder, en ik wees naar het menselijke vrouwtje.

Naar mijn partner.

Ik bestudeerde haar van top tot teen. Rood haar, de kleur van het dorre land van De Kolonie bij zonsondergang. Haar huid was bleek en egaal, bijna gloeiend onder de intense verlichting van het programma. Ze droeg een crèmekleurige jurk die haar slanke gestalte omsloot en haar haar nog levendiger maakte. Maar de kleur ervan vloekte met de harde groene achtergrond. Ze keek naar de camera en sprak, haar handen wijzend naar de lege muur. Ze sprak over wolken en temperaturen, terwijl ze haar armen heen en weer bewoog en wees alsof er werkelijk iets achter haar stond.

Ik had geen idee waarom mensen informatie wilden van een groene muur, maar als het in een televisieprogramma was, moest het wel belangrijk zijn. Toen ze naar de grond wees, volgden mijn ogen, ik nam haar lange benen in me op die eigenlijk om mijn middel zouden kunnen klemmen als ik haar opeiste, met haar handen boven haar hoofd, en mijn handboeien om haar polsen die aan de muur vastzaten.

Ik gromde en Tane kneep in mijn schouder. Niemand sprak behalve mijn partner.

Ze deed een stap en wees nog eens. Die vreemde aardse schoenen aan haar voeten hadden hakken die haar tien centimeter groter maakten. Ze zagen er onmogelijk uit om in te lopen, maar, ik gaf toe, ze waren zo sexy als maar kon. Als die scherpe punten in mijn billen zouden drukken als ik haar neukte, zou dat een pijnlijke en plezierige herinnering zijn aan het feit dat zij van mij was.

"Er is een kleine kans op regen later, maar verder, een perfect, zij het wat koeler, Florida weekend. Nu naar mijn dagelijkse lokale foto's. Ik heb er een gekregen van een vrouw uit de buurt, Michelle Kaur. Deze foto is van haar schoonvader met zijn buurtvriend, Howard, genietend van de befaamde Florida zonneschijn. Als ik het goed heb, houdt de alligator van gedroogd rundvlees.

Haar stem was diep voor een vrouw. Melodieus. Vloeiend. Betoverend. Als ze lachte, verlichtte het de kamer nog meer dan de spotlights boven haar. Elke centimeter van haar was perfect. Ik haalde adem, nam haar geur nog dieper in me op, in mijn DNA. Mijn penis verhardde zich, gretig om haar de mijne te maken.

De mijne.

"Ik zie jullie foto's graag verschijnen, dus blijf ze insturen en veel geluk voor de familie Kaur met Howard. En zoals altijd, vergeet de zonnebrandcrème niet. Terug naar jou, Mike." Ze glimlachte, niet naar de man tot wie ze zich richtte - ik vermoedde dat het de man achter de balie was - maar recht in de lens van één van de camera's.

Ze was het mooiste, perfecte wezen dat ik ooit had gezien. En ik was een van de meest afschuwelijke. Klote. Dit zou een ramp worden. Godverdomme, ik moest hoe dan ook met haar praten. En als ze me meteen afwees, zou ik volhouden. Ik zou voorzichtig zijn. Geduldig. Ik zou doen wat ik moest doen, want ze was van mij.

Ik kon niet langer wachten en liep naar haar toe. Ik voelde Tane achter me. De deur viel met een harde klap achter ons dicht, en ze reageerde door haar oogleden te vernauwen, alsof ze geërgerd was maar haar houding weigerde te veranderen. Ik betwijfelde of ze mij of iemand anders kon zien met de lichten die recht in haar ogen schenen.

Ik liep dichterbij en negeerde de geluiden van de kleine mensen, terwijl ik het beest in mij naar boven liet komen om onze partner te inspecteren. Hij was niet onbeheerst, zoals die van Braun en Wulf waren geweest. We waren één in geest en lichaam. Ik had vrede gesloten met mijn beest, had hem getemd en had volledige controle gekregen over hem toen ik jong was, voordat Dr. Helion me had gerekruteerd voor de Inlichtingendienst. Ik was trots op die ijzige kalmte en had geen idee dat het allemaal oefening was geweest voor dit moment. Ik zou de controle nu niet verliezen, niet in het bijzijn van het enige levende wezen in het universum op wie ik indruk moest maken.

Ik stond in het donker terwijl mijn vrouwtje met het mannetje babbelde, en ze wees toen nog eens naar de groene muur en praatte over wind en luchtdruk.

Misschien had ik achterin moeten blijven, maar ik kon het niet. Het was onmogelijk. Ze was niet in gevaar, maar ze was van mij en ik wilde dat iedereen op de set en kijkend via hun scherm wist dat dit vrouwtje door mij beschermd werd. Dat ze van mij was om op te eisen, te beschermen en te verleiden.

"De mijne." Het beest sprak, het diepe timbre van zijn stem galmde door de studioruimte alsof er een kanonontploffing was afgegaan.

Mijn partner stopte midden in een zin, en hoewel ze bleef glimlachen, gleed het een beetje weg. "Wat is er daar aan de hand? Mike?" Ze keek naar de man die haar had voorgesteld, maar kreeg geen antwoord. Hij staarde, met open mond, naar mij.

Ik was juist naar voren gestapt in het verlichte gebied voor de camera die het dichtst bij mijn vrouwtje stond en negeerde het gedrang van de mensen die hun grote opnameapparaten op mij richtten.

Toen een fel licht van boven op mij scheen, gromde ik, maar ik stapte op de verhoogde set, dichter bij mijn partner en haar groene scherm.

" Mijn vrouw, ik ben Krijgsheer Bahre."

Haar blik ontmoette eindelijk de mijne, en ik vergat bijna te ademen. Haar ogen waren levendig groen, bijna net zo helder als het scherm achter haar, en voor de allereerste keer keek mijn partner me aan. Ik voelde me alsof ik geraakt was door drie verdovingspistolen.

Dit was het moment waarop ik mijn hele leven gewacht had, om mezelf en mijn beest aan mijn partner voor te stellen. Ik heb tegen de Hive gevochten. Ik heb de meest gevaarlijke en gruwelijke plaatsen in het universum overleefd. Ik heb tegen de Hive en criminelen gevochten. Schurken en moordenaars. Ik heb missies overleefd waarover Dr. Helion had gezegd dat ik dat niet zou doen. Ik leefde voor dit moment, nu is het mijn taak om voor haar geluk te zorgen.

Ik zakte voor haar op één knie. Van dichtbij was ze nog mooier. Perfect van het bleke roze van haar vingernagels tot haar volle lippen. Haar zoete geur nestelde zich in mij, en ik wist dat ik voor altijd veranderd was. Mijn partner. Mijn koningin. Mijn leven.

Ik knielde, in beestvorm, en boog mijn hoofd uit respect. Ik had vele jaren gewerkt om mijn spraak te perfectioneren in beestvorm en was nu dankbaar dat de discipline vruchten had afgeworpen. Ik sprak als een man van eer, niet als een dier, terwijl ik mijn gelofte aflegde.

"Ik ben Krijgsheer Bahre, mijn vrouw, en ik ben de uwe."

3

 uinn

Oh. Mijn. God. Er zat een Atlan voor me geknield. Een beest. Ik keek omhoog naar de camera en zag het rode lampje bovenop de camera nog steeds branden, wat betekende dat hij live voor me knielde.

Niet zomaar een Atlan, maar Bahre, degene waar Ellen, Susan en ik het net nog over hadden gehad. Van dichtbij... heel dichtbij, was hij groter dan ooit. Knapper. Donker haar viel over zijn voorhoofd. Zijn schouders waren zo breed dat ik me afvroeg of hij door een deuropening kon zonder zijwaarts te draaien. Hij was een en al spieren, gespierd en dik. Zijn donkere shirt omsloot zijn torso. Hij gaf testosteron of feromonen of een soort onzichtbare geur af die mijn tepels hard deed worden.

Op live tv.

Hoewel mijn slipje niet echt in vlammen opging, was het wel nat. Voor de camera. Op elke tv in Miami. Ik dacht aan het eerste vrijgezellenbeest en hoe hij zijn vriendin, Olivia, over zijn schouder had gegooid en haar van de set had gedragen. Dit was al gênant genoeg. Dat hoefde mij niet te overkomen - niet dat deze alien mijn partner zou kunnen zijn of zo - dus ik plakte de grootste, valsste glimlach op en probeerde mijn hartslag te vertragen terwijl ik mijn hand uitstak en zijn biceps vastgreep om hem weer overeind te trekken.

De spier in zijn arm was als een klein rotsblok, maar hij stond meteen op. Ik moest mijn kin naar achteren kantelen om zijn ogen te kunnen zien, ver naar achteren, zelfs op mijn tien centimeter hoge stiletto's. Ik likte langs mijn lippen en slikte, nam zijn gezicht in me op. Sterke jukbeenderen. Donkere wenkbrauwen. Beitelvormige kaak. Een litteken dat langs zijn voorhoofd liep. Maar het waren zijn ogen, donker en doordringend, die mijn gedachten op hol brachten.

"Quinn," riep Mike, en haalde me uit mijn starende positie.

Ik knipperde met mijn ogen en keek toen naar de camera. Ik was een professional. Ik had me opgewerkt tot het nationale nieuws. Ik was goed getraind om technische problemen op te lossen terwijl het programma live was. Maar er was nog nooit iemand benaderd door een Atlan terwijl ik een stukje deed. Ik schraapte mijn keel en begon. "Nou, mensen, het lijkt erop dat we een bezoeker hebben van de set van het Vrijgezellenbeest. Mag ik niet blij zijn dat hij ons komt vergezellen? Ik ben helemaal klaar met het weer, Mike, dus ik laat je verder gaan met het sportgedeelte."

"Ik denk, Quinn, dat hij zei dat jij van hem was."

Ik lachte en probeerde kalm te blijven met de camera's op me gericht. Zelfs toen ik Mike wilde wurgen omdat hij me onder de Atlan-bus had gegooid in plaats van het nieuwsprogramma weer op te pakken.

" De mijne," zei Bahre, Mike's woorden bevestigend. Door de manier waarop hij sprak, was ik verbaasd dat hij zich niet op de borst sloeg.

"Zie je?" Mike lachte. "Voorzichtig, misschien draagt hij je hier wel weg."

Ik hoopte dat mijn stem niet te veel trilde toen ik tegen de camera begon te praten. "Dat was het voor het weer. Nog een fijne avond, iedereen!"

Ik schraapte mijn keel, pakte Bahre's hand, en trok hem van het podium. Ik had het gevoel dat als hij niet had willen volgen, ik hem niet had kunnen wegduwen. Hij was net een reus in het midden van de set.

Mensen gingen uit de weg toen ik Bahre wegleidde van de set, door de hal, en terug naar de haar en make-up ruimte. Ik had een bureau, maar dat was in de grote redactiekamer, geen plaats voor enige privacy. Ik wierp een blik achterom om te zien of er camera's volgden, maar kon geen glimp opvangen van wat dan ook rond Bahre's enorme lichaam.

Gelukkig was de kamer leeg, en ik sloot de deur achter ons. Deed hem op slot. Ik wist zeker dat Susan de rest van de dag weg was en ik had er geen idee van waar Ellen was gebleven, maar de kamer zou ongebruikt blijven tot in de vroege uurtjes voor het ochtendnieuws.

Ik leunde tegen de enige barrière tussen mij en de nieuwsgierige buitenwereld. Ik probeerde ons niet binnen te houden. Ik probeerde elke nieuwsgierige cameraman buiten te houden, maar het slot zou dat doen. Nee, ik gebruikte het als steun omdat mijn hart uit mijn borst klopte door de manier waarop hij naar me keek.

"Jij bent mijn partner," zei Bahre, terwijl zijn blik van top tot teen over elke centimeter van mijn lichaam ging. Zijn donkere ogen bleven bewegen alsof hij elke centimeter uit het hoofd leerde. Er was nog nooit zo intens naar me gekeken. Het was verhit, geconcentreerd, intens.

"Je kent mijn naam niet eens," antwoordde ik.

Hij keek me in de ogen. "Zeg het me."

"Quinn McCaffrey."

"Je deelt de naam van een Jager," merkte hij op, hoewel de manier waarop hij naar me keek aangaf dat het waarschijnlijk een goed iets was.

Ik fronste mijn wenkbrauwen want ik was niet helemaal zeker. "Hoe... hoe kun je zelfs maar weten dat ik je partner ben?"

Het litteken dat ik op zijn voorhoofd had gezien was nu nog duidelijker, alsof hij door een leeuwenklauw was geraakt. Er zat er nog een aan de zijkant van zijn nek die onder de kraag van zijn shirt doorging. Hij was knap maar had littekens. Hij had een zwaar leven gehad. Gevaarlijk. Pijnlijk. Op de een of andere manier maakte dat hem aantrekkelijker voor me omdat hij het overleefd had.

"Heb je het vrijgezellenbeest programma met Wulf gezien?" Hij deed een stap dichterbij.

Ik slikte hard. Hij leek nog groter in deze kamer want het plafond was veel lager dan dat van de set. "Ja."

"Bij mij is het net zo. Ik merkte je geur op bij de trap."

"De trap?" Ik draaide mijn hoofd en snoof. Ik wilde mijn arm niet optillen om te zien of ik zweette, maar hoe had hij me anders kunnen ruiken? Ik zou het geweten hebben als ik zo slecht rook. Ellen en Susan zouden het me verteld hebben.

"Wees niet bang," begon hij, terwijl hij langzaam met zijn vingers over mijn haar streek. Ik verstijfde bij de beweging. " Atlans hebben een sterk reukvermogen. Je geur is bloemig. Licht. Als een zacht briesje. Ik wist meteen dat het die van mijn partner was."

"Hoe?" Vroeg ik, terwijl ik mijn adem inhield. Ik was niet bang voor hem, maar hij was... nieuw. Een vreemdeling. Een vreemdeling die naar me keek alsof ik alles voor hem was. Ik had die blik eerder gezien, en die vent was een verdomde stalker geweest.

Hij haalde zijn grote schouders op. "Het is niet precies bekend, maar mijn beest herkende je zonder je zelfs maar te zien."

"Dan... waarom word je dan geen beest en gooi je me niet over je schouder?"

Niet dat ik wilde dat hij dat deed. Dat zou me bang gemaakt hebben. Om te zeggen dat ik wantrouwig was bij mannen was een understatement. Bahre was niet eens een man. Hij was een Atlan die een beest in zich had. Hij kon me pijn doen op een manier dat de stalker dat niet kon.

"Wulf en Braun hadden paringskoorts," legde hij uit. "Hun beesten zaten net onder de oppervlakte, en toen ze hun partners vonden, waren ze niet in staat om ze te beheersen. Wat je bij Wulf hebt gezien, zal mij niet overkomen. Ik heb de koorts niet. Ik heb alles onder controle."

Ik had het gevoel dat zijn woorden meer betekenden dan alleen maar zijn beest. Hij was zo beheerst. Hoewel hij intens was, voelde ik niet dezelfde gespannenheid die ik op TV bij Wulf had gezien. Er waren niet echt beelden geweest van Braun met zijn partner, alleen opgenomen interviews met hem voordat hij haar had gevonden.

"En wat nu? Moet ik nu gewoon oké zeggen en dan samen met jou teruggaan naar De Kolonie om daar nog lang en gelukkig te leven?"

Mijn sarcasme deed zijn mondhoek omhoog komen. "Je kan de Aarde niet verlaten zonder mijn handboeien om je polsen." Hij wierp een blik op mijn polsen, alsof hij zich het brede metaal daar voorstelde. "Je moet eerst opgeëist worden. Dan kunnen we naar De Kolonie gaan en daar... nog lang en gelukkig leven."

"Gewoon zo?"

Hij fronste en hield zijn hoofd opzij. "Is dat niet hoe het op de Aarde gaat?"

"Nee. We gaan uit. Leren elkaar kennen. Het kan maanden of zelfs jaren duren voordat we het eens worden over een formele verbintenis."

Hij gromde, legde zijn hand op de deur boven mijn hoofd, leunde voorover zodat hij nu nog dichterbij was.

Zo dichtbij dat ik de onpeilbare duisternis van zijn ogen kon zien. Het litteken op zijn gezicht, de haartjes op zijn sterke kaak. Ik kon zijn geur inademen.

"Ik zal geduldig met je zijn, maar ik zal geen maanden of jaren wachten om je de mijne te maken."

"Eh... ja." Ik klonk als een idioot, maar wat moest je zeggen tegen een Atlan die je wilde opeisen? "Wacht." Ik legde mijn hand op zijn borst. De warmte van zijn lichaam drong door de stof van zijn shirt. Hij was hard tegen mijn handpalm en ik voelde zijn regelmatige hartslag. "Hoe zit het met de show? Ik bedoel, je moet een van de deelneemsters kiezen."

Zijn vrije hand raakte mijn haar weer aan, alsof hij het nog nooit in die kleur had gezien. Misschien had hij dat ook niet.

"De vrijgezel moet nog gekozen worden. Ik ben één van de vijf Atlans hier. Het is duidelijk dat ik niet de uitverkorene zal zijn."

Ik ademde uit, blij te weten dat hij me niet ging vertellen dat ik bij hem hoorde terwijl hij van plan was terug naar boven te gaan en vierentwintig beeldschone vrouwen met hem liet flirten en terwijl ze probeerde in zijn broek te komen.

"Ik heb geen seks met je." De woorden kwamen zonder nadenken uit mijn mond.

Hij haalde diep adem en sloot zijn ogen. "Hoewel ik weet dat je nat voor me bent, zal ik niet nemen wat je niet uit vrije wil geeft."

Oh. Mijn. God. Ik voelde mijn wangen gloeien van schaamte. En verlangen.

"Het is mijn taak om je te laten zien dat we perfect zijn voor elkaar. Het is mijn taak om je te laten smeken om mijn penis."

Mijn slipje was net in vlammen opgegaan. Zijn diepe stem, die woorden, ze waren moeilijk te weerstaan.

"Ik moet gaan," zei ik, terwijl ik onder zijn arm door dook.

"Waarheen?" Hij draaide zich naar me om. Nu blokkeerde hij de deur, en ik werd nerveus.

"Naar huis. Ik heb een lange dag gehad."

"Ik ga met je mee."

Ik wilde ja zeggen, want hij leek me aardig. Hij was sexy. Attent. Maar ik ging geen seks hebben met een Atlan, tien minuten nadat ik hem voor het eerst gezien had. Ik herinnerde me, wat er gebeurd was met Wulf en Olivia. Hij had haar opgeëist in een kleedkamer, tegen de deur. Hoewel de camera's aan de andere kant stonden en niets hadden opgenomen, was het voor iedereen over de hele wereld duidelijk wat ze van plan waren. Op live TV.

Ik was niet uit op een vluggertje. Ik was niet uit op een one-night stand. Hoewel ik hem geloofde, was ik in het verleden gebruikt en in gevaar gebracht.

Ik moest slim zijn. Hij moest zichzelf aan mij bewijzen.

"Nee. Ik heb tijd nodig. Zoals ik al zei, elkaar leren kennen. Als je me wilt zoals je zegt, dan zullen we... uitgaan."

Ik zag het niet voor me om met een tweeënhalve meter lange Atlan te gaan eten in mijn favoriete restaurant. Hij kon alleen maar opvallen.

Hij bestudeerde me en knikte toen. " Heel goed. Ik zal zorgen dat je veilig in je kamer aankomt."

Ik fronste mijn wenkbrauwen. "Wat?"

"Je bent van mij, Quinn McCaffrey. Ik bescherm wat van mij is."

Hij stapte opzij, zodat ik de kamer kon verlaten. Ik zei

niets meer, knikte alleen en vertrok, hoewel ik wist dat hij me volgde.

———

"Je liep weg? Ben je gek?" vroeg Ellen. Ik trok mijn mobiel weg van mijn oor. Ik was thuisgekomen, had gedoucht en had me omgekleed in mijn nieuwe zijden pyjama, een schattige met een geborduurde bloem op de voorkant die perfect was voor de warme nachten in Florida. Daarna had ik een glas wijn gepakt voordat ze belde.

"Natuurlijk ben ik weggelopen. Ik weet niets over die man. Wat had ik dan moeten doen?" antwoordde ik, terwijl ik de fles terug in de koelkast stak. Ik liep op blote voeten over de tegelvloer naar de woonkamer en keek naar de twinkelende lichtjes die wazig waren door de regen. Ik had gelijk gehad in mijn uitzending, en als de gegevens klopten, zou de storm over een uur of zo voorbij zijn.

Toen ik nationaal meteoroloog was, werd ik goed betaald. Hier in Miami koos ik een klein, maar goed ingericht huis in een rustige buurt aan het water. Aan één kant van het huis waren ramen van de vloer tot het plafond om van het uitzicht te genieten, die open konden om de warme lucht en een zacht briesje binnen te laten. Overdag deed ik dat vaak, maar 's nachts was ik nog steeds paranoïde en bang dat iemand me te pakken zou krijgen. Ik voelde me altijd kwetsbaar, zelfs met het glas, dus ging ik naar de knop aan de muur en liet de rolgordijnen in de hele kamer neer.

"Zoals ik al zei," antwoordde ze. "Neem die grote slok water."

Ik lachte. "Ik val niet op vreemde mannen."

"Hij is niet vreemd, en ook geen man."

Ik rolde met mijn ogen bij haar herinnering. "Het zal wel."

"We zouden samen naar de Vrijgezellenbeesten verdieping gaan."

"Ik heb de man niet geroepen," herinnerde ik haar eraan. "Hij onderbrak de live-uitzending."

"Ik weet het! Het was zo romantisch!"

"Je bent gek," reageerde ik. "Waar was je? De make-up ruimte was leeg."

"In de cafetaria in de lobby, aan het wachten tot je programma gedaan was. En wat nu?"

Ik liet me op mijn bank vallen, pakte een linnen deken, en gooide het over mijn voeten. "Wat bedoel je?"

"Hij zei op TV dat jij zijn partner was. Hij gaat niet weg. Wat ga je met hem doen?"

Ik zuchtte. "Je weet heel goed dat ik niet van kerels hou die achter me aan zitten." Ik huiverde en trok het dekentje wat hoger.

"Bahre is geen stalker, hij is een alien." Ze verzachtte haar stem en alle plagerij was verdwenen. "Niet alle mannen zijn slecht, vriendin."

"Ik weet het, maar ik heb een vreselijke geschiedenis. Ik verzamel gekken zoals anderen glazen beeldjes of borrelglaasjes verzamelen." Ik fronste mijn wenkbrauwen. "Ik probeer het te vergeten. Echt waar."

"Hij is een goede kerel. Een krijgsheer, in hemelsnaam. Hij zou niet zover gekomen zijn, en ik bedoel niet de Aarde, door een klootzak te zijn. Hij zal op je vallen, dat weet ik zeker. Mmm mmm, dat klinkt goed voor mij."

"Hij zei dat hij beschermt wat van hem is."

Een gejammer kwam door de telefoon. "Ik denk dat ik net klaarkwam."

Ik lachte en rolde met mijn ogen. "Ellen!"

"Dat is zo geil. Je moet toegeven dat dat echt, heel sexy is. Een man om je te beschermen? Hij is als een sexy alfa uit een romantisch boek. Geef toe!"

Ik tuitte mijn lippen. "Ja, dat is sexy. Ik bedoel, als ik een kerel als Bahre had gehad in Chicago, zou Jeff Randall niet in mijn buurt zijn gekomen."

"Bahre zou hem verpletterd hebben alsof hij een insect was."

Dat gaf me een goed gevoel, want ik had ook het gevoel dat Bahre dat zou doen. Gebaseerd op de littekens die ik op zijn gezicht zag en die verdwenen onder de kraag van zijn shirt, had hij veel gevochten. En overleefd. Wat betekende dat hij niet alleen een krijger was, hij was sterk. Stoer. Door zijn littekens zag hij er angstaanjagend uit, maar ik herinnerde me de manier waarop zijn beest naar me opkeek toen hij voor me knielde op de set.

Het beest aanbad de grond waar ik op liep. Hoe ik dat wist, wist ik niet zeker, maar ik wist het. En als dat beest ook maar dacht dat ik in gevaar was, twijfelde ik er niet aan dat hij zou doden om me te beschermen. Bahre was geen mens. Hij leefde niet volgens de regels van de mens. Dat wetende, maakte mijn hele lichaam zoemend van opwinding, alsof ik duizend bijen onder mijn huid had. Jeff Randall was een klootzak die uit was op mijn angst. Maar nu had ik misschien een groot, gemeen, gevaarlijk beest om me te beschermen. Misschien, als het met Bahre zou werken, hoefde ik nooit meer pepperspray bij me te hebben wanneer ik naar mijn auto liep. Of speciale raambeschermers te kopen, niet om mij binnen te houden, maar om Jeff buiten te houden. Hij had zoiets nog niet geprobeerd, maar ik was er zeker van dat hij wist dat ik die voorzorgsmaatregelen zou nemen. Die inspanning motiveerde hem.

"Ben je er nog?" vroeg Ellen.

"Ja. Bahre zei dat hij ervoor zou zorgen dat ik veilig thuis zou komen," voegde ik eraan toe. "Maar ik heb hem niet gezien."

"Denk je dat hij je gevolgd is?" zei ze spottend.

"Ik weet het niet."

"Nou, als hij je naar huis gevolgd was, zou hij niet weggaan. Zou hij?"

"Ik weet het niet," zei ik weer. Daar had ik nog niet over nagedacht. Ik nam aan dat hij me zou beloven me veilig thuis te brengen, me naar mijn deur zou begeleiden en dan zou vertrekken, zoals een normaal mens. Maar hij was geen mens.

Ze was een paar seconden stil. "Hij zou je niet verlaten. Die Atlans zijn erg beschermend. Ik durf te wedden dat hij je naar huis is gevolgd. Hij is nu waarschijnlijk buiten."

Ik ging rechtop zitten, nooit gedacht dat Bahre daar nog buiten zou zijn. Nadat ik uit de make-up ruimte was gelopen, had ik geprobeerd hem uit mijn gedachten te verdringen. Toen ik naar mijn auto in de parkeergarage ging, had ik hem niet gezien. Ook niet toen ik naar huis reed of toen ik de garage inreed. Ik betwijfelde of hij een auto had of zelfs maar wist hoe hij ermee moest rijden. Ik wist niet eens zeker of hij er wel in paste.

Ik zette mijn wijnglas op de koffietafel en liep naar een raam aan de voorkant en trok het rolgordijn opzij.

"Oh mijn God. Hij staat daar." Hij stond op de stoep en staarde naar het huis. Naar mij. In de regen. Het enige wat hij nodig had was een regenjas en een muziekbox om het op een jaren tachtig film te laten lijken.

"Is hij daar?" piepte ze. "Doe niet zo gek. Hij is geen stalker. Hij is een alien. Als hij zei dat hij ervoor zou zorgen dat je veilig thuis zou komen, dan is dat wat hij heeft gedaan. Wat hij doet. Geef hem geen knietje in zijn ballen of schiet hem niet neer."

Alsof ik hem dat aan zou doen. Nou, nu ik erover nadenk, ik had die tactiek in het verleden toegepast. Toen ik moest. Mijn intuïtie zei dat ik me geen zorgen hoefde te maken over mijn veiligheid bij Bahre.

"Ik moet gaan," zei ik. Voordat ik ophing, hoorde ik Ellens stem mijn naam roepen.

Ze kon er wel mee omgaan. Ik had een Atlan om te leren kennen.

4

Met een huid die doorweekt was alsof ik in een warme rivier was gelopen, stond ik in houding voor het huis van mijn partner en vroeg me af of ik deze nacht de sterren zou zien, of dat ik voorbestemd was om tot de ochtend onder de wolken en in de regen te staan. Ze was er nog niet klaar voor om me binnen te verwelkomen. Met mijn grootte en mijn littekens twijfelde ik er niet aan dat ik twee keer zo hard zou moeten werken als elke andere Atlan-man om haar hart te winnen en haar lichaam op te eisen.

Quinn McCaffrey was hypnotiserend mooi. Het feit dat zo'n perfecte vrouw de pech had mijn beest aan te trekken, was een ironie die alleen de goden zelf ooit zouden kunnen bevatten. Lang, lenig en prachtig, ze maakte mijn penis constant hard. Ik was niet op de hoogte van wat ze beroepsmatig deed, maar het bleek dat ze zeer gerespecteerd was en haar kennis via de televisie deelde met de hele gemeenschap. Haar intelligentie was net zo aantrekkelijk als haar vurige rode haar.

Haar perfectie zou mijn onvolmaaktheden alleen maar versterken, en ik moest maar hopen dat ze geen afkeer van me zou krijgen. Maar hoe slecht we ook bij elkaar pasten, ze was van mij en ik zou haar niet opgeven. Ja, ik was getekend. Ik was een krijgsheer, een moordenaar en een jager. Ik had vele, vele vijanden gedood met Dr. Helion als mijn commandant. Ik had van geen enkele dood spijt. Het kwaad moest vernietigd worden. Wie kon dat beter doen dan een beest?

Vandaag was de eerste dag dat mijn gevoelige gehoor en scherpe reukzin me plezier brachten. Tevreden luisterde ik door de regen naar het gedempte geluid van de stem van mijn partner, en mijn gezicht vertrok in een grijns toen ik haar gelach van binnen uit het huis hoorde komen. Het was niet de eerste keer dat ik Dr. Helion dankbaar was voor de geheime integraties die hij me had gegeven om me te helpen mijn werk goed te doen. Ik wist dat hij een egoïstische leider was. De verbeteringen die ik had gekregen waren in zijn voordeel en voor de Coalitie om tegen de Hive te vechten. Ze waren geen geschenk. Hij had een wapen van me gemaakt.

Zo totaal anders dan mijn vrouwelijke, delicate partner.

Quinn.

Haar naam speelde door mijn hoofd, en ik wist dat ik met trots en plezier de hele nacht voor haar deur zou staan.

Ik zag haar uit het raam gluren, en mijn penis werd keihard bij het zien van deze vrouw. Toen opende ze de deur en kwam naar buiten, de stoep op. "Bahre? Wat doe je daar?"

Ik hoorde haar geërgerde stem, maar mijn blik was gericht op de manier waarop haar lichtblauwe kleding onmiddellijk doorweekt raakte van de regen. De stof ving de zachte gloed op van de lampen aan weerszijden van haar voordeur. Een mouwloos shirtje en een broek - zo kort dat het wel een andere naam moet hebben - die halverwege haar dij ophield. Haar armen en benen waren bloot. Ik kon versieringen op het bovenstukje ontdekken die haar nog delicater maakten, waardoor onze verschillen nog groter werden. Ze was het meest sexy ding dat ik ooit had gezien, de manier waarop de schaarse outfit om haar slanke lichaam paste. Mijn blik volgde het pad van het water, en ik vocht om niet naar voren te stappen en datzelfde pad met mijn tong te volgen. Ik wilde elke centimeter van haar lichaam verkennen, aanraken en proeven. Overal. Huid. Lippen. Harde tepels. Poesje.

Binnenkort, zou dat gebeuren. Voorlopig boog ik lichtjes mijn middel en antwoordde toegewijd met elke cel in mijn lichaam op de vraag van mijn vrouwtje. "Ik bescherm je huis, en jou."

Haar lippen gingen open. En sloten. Ze sloeg haar armen over elkaar en ik merkte dat haar blote voeten stevig in een klein plasje stonden. Een glanzende lichtroze kleur bedekte haar teennagels en ook de toppen van haar vingers, een soort fonkelende glitter liet ze fonkelen alsof er kleine sterretjes in waren verwerkt. Ze was zo mooi opgemaakt, zo perfect. Onberispelijk.

"Bahre. Je moet hier buiten niet zijn. Ga terug naar de studio."

Ik ging rechtop staan en keek toe hoe ze haar ogen dichtkneep in de regen. Haar blik nam deze keer meer van me in zich op, alsof ze bang was me in het licht te zien, maar de duisternis was er als dekmantel om haar belangstelling te verbergen. Ik verwelkomde en vreesde haar inspectie. Ik had afschuwelijke littekens en gelukkig waren de meeste bedekt door mijn kleding, maar ik was een man van eer. Waardig. Een sterke beschermer. Ik zou haar hart winnen met mijn toewijding en kracht, niet met mijn mooie uiterlijk.

Ik was Braun niet.

"Bahre?"

"Ja, mijn vrouw?"

"Ga je me nog antwoord geven?"

"Dat heb ik al gedaan." Ik sloeg mijn armen over elkaar en nam mijn oude houding aan. Vastberaden. Ik liet haar niet onbeschermd achter. Er was geen discussie nodig.

Een perfect gebogen wenkbrauw ging omhoog. " Echt waar? Is dat je antwoord?" Ze schoof haar natte haar weg van haar gezicht en streek het achter haar oren, alsof ze tijd rekte. Het was niet meer perfect zoals toen ik haar voor het eerst in het nieuws zag, maar dat betekende niet dat ze er onverzorgd uitzag. Toen ik zag hoe ze haar haar aanraakte, vroeg ik me af of ze dat deed als ze zich ongemakkelijk voelde. Ik moest nog veel over haar leren.

Ik knikte. "Ja. Ik heb een belofte gemaakt. Ik ben de

jouwe. Ik zal je beschermen. Ik zal voorzien in je behoeften. Ik zal voor je zorgen en voor je plezier zorgen." Zelfs in het schemerige licht zag ik haar wangen een diepe roze kleur krijgen.

"Waarom?"

Haar vraag was serieus, en ik antwoordde vriendelijk. Het leek erop dat ze onze band echt niet begreep.

"Omdat je van mij bent," antwoordde ik. Het was eenvoudig voor mij, maar ik verduidelijkte het voor haar. "Mijn beest heeft jou verkozen boven elke andere vrouw die we ooit zijn tegengekomen."

Haar ogen sperden wijd open en haar mond viel open. Ze had perfecte, rechte tanden. "Oh mijn God. Je meent het. Dit kan niet waar zijn." Ze was doorweekt nu, maar de regen was niet koud. Als ze het koud had, zou ik erop staan dat ze naar binnen ging, maar ik genoot van het uitzicht.

"Dit is gebeurd, Quinn. Het is een feit. Een gegeven. Ik ben Krijgsheer Bahre van Atlan, en ik ben de jouwe."

"Ik wil geen kinderen." Ze gooide het eruit alsof dat mijn bedoelingen naar haar toe zou veranderen. Misschien vinden anderen dat een probleem, maar ik niet.

"Jouw geluk is mijn enige prioriteit. Kinderen doen er niet toe." Ik sprak de waarheid. Als mijn partner een dozijn nakomelingen wilde, zou ik haar tot het uiterste neuken en de baby's op mijn knie laten stuiteren. Ze zien opgroeien. Als ze er geen wilde, zou ik haar alleen koesteren en tevreden zijn.

Heel tevreden.

Ik zou haar neuken tot ze sprakeloos was, zodra ze me

dat toestond. Eerst moest ik haar vertrouwen winnen. Ze was op haar hoede. Als ze zich bij me op haar gemak voelde en wist dat ik haar geen kwaad zou doen, moest ze mijn uiterlijk overwinnen. Mijn partner was niet extreem klein, zoals een paar van de menselijke vrouwen waren die ik eerder had gezien. Maar ik was een Atlan en ik was bang dat mijn grootte haar zou afschrikken, want als ik hier op haar stoep sta, toren ik hoog boven haar uit. Ik overschaduwde haar delicate figuur.

"Dit is te gek," zei ze, terwijl ze haar armen omhoog stak. Waterdruppels vlogen in het rond. Ze huiverde. "Je kan niet zomaar mij kiezen. Je weet helemaal niets van me. Helemaal niets."

"Een probleem dat makkelijk te verhelpen is. Ik zal het leren. Je hebt het koud, partner. Ga naar binnen en trek warme, droge kleren aan."

"En jij?"

"Ik heb veel erger doorstaan dan deze warme regen."

Quinn hield haar hoofd schuin en keek me aan. Ze bestudeerde me alsof ze een beslissing nam. Iets belangrijks. Toen ze op haar lip beet, kon mijn beest nauwelijks een grom inhouden. "Blijf je hier de hele nacht in de regen staan?"

Ik knikte.

"Zelfs als ik je zeg dat je terug moet gaan naar de studio zodat je kan slapen?"

Ik knikte nog een keer. "Het is mijn eer om je te beschermen."

Ze zuchtte. "Dit is belachelijk. Kom binnen. Maar je slaapt op de bank. En morgen ga je terug naar het Vrijgezellenbeest programma. Begrepen?"

"Afgesproken." Het maakte me niet uit waar ik sliep, zolang zij maar in de buurt was. Morgen ging ze terug naar haar werk bij de zender, dus natuurlijk zou ik haar daar vergezellen. Wat het programma betreft, ik zou niet terugkeren naar de show.

"Kom op dan." Ze draaide zich om en ging haar huis binnen. Ik moest onder de deuropening door, maar was blij te ontdekken dat ik binnen kon staan zonder mijn hoofd te stoten, zolang ik maar uit de buurt bleef van de ventilator die in langzame cirkels langs het plafond bewoog.

Quinn sloot en vergrendelde de deur, en drukte toen op een paar knoppen op een klein paneel aan de muur, waarvan ik aannam dat het deel uitmaakte van haar vergrendelingsprocedure. Ik merkte dit met instemming op. Ze was niet onachtzaam over haar veiligheid.

Haar huis had witte muren met opvallende schilderijen van natuurtaferelen. Ik wist niet welk deel van de Aarde ze voorstelden, maar ze waren kleurrijk en gedurfd, net als hun eigenaar. Er was geen rommel, wat ik op prijs stelde, want met mijn grote gestalte zou ik alles wat niet bij de woning hoorde gemakkelijk kapot kunnen maken. Haar kamer was groot voor één persoon, zo anders dan het leven op De Kolonie, maar nog meer dan op een slagschip. Langs de hele achtermuur van haar zitkamer bevond zich een reeks ramen, elk afgeschermd met witte doeken. Ze kon niet naar buiten kijken. Ik had er geen idee van of haar huis ongewoon was voor een mens, dus ik hield mijn mond.

"Nou, blijf daar niet staan. Volg me."

Ik liep achter haar aan toen ze me naar een kleine

badruimte leidde. Ze boog zich voorover, haar ronde billen voor mij als een bijna onweerstaanbare verleiding, en trok twee handdoeken uit een van de rekken. Ze gooide er een tegen mijn borst en tilde de andere op om zachtjes door haar haar te wrijven. "Hier. Je bent doorweekt, en ik heb niets in huis dat je zou passen."

"Ik zal me afdrogen."

Dat maakte haar aan het lachen, en ik verheugde me over de twinkeling die ik in haar ogen zag. "Niet hier, dat zal je niet. Het is nu honderd procent vochtig. Je zal de hele nacht doorweekt zijn."

"Ik zal het verdragen."

Ze rolde met haar ogen. "Genoeg met die stoere mannen act, oké? Doe tenminste je shirt uit. Ik zal een deken voor je pakken."

Vroeg mijn partner me om me uit te kleden omdat ze bezorgd was dat mijn kleren nat waren? Of was dit een vrouwelijk complot om haar potentiële partner te inspecteren alvorens te beslissen of ze hem al dan niet zou aanvaarden? Ik wist het niet, maar mijn lichaam zat onder de littekens. Als ze me zo niet kon accepteren, zou het misschien het beste zijn om dat nu te ontdekken.

Ze hief haar hand op en zwaaide met haar slanke vingers naar me. "Kom maar. Ik gooi je shirt in de droger. Doe uit."

Terwijl ik achter mijn nek reikte, trok ik het shirt over mijn hoofd. Ze greep ernaar zonder te kijken, haar blik gericht op het ergste deel van mijn littekens, een gekartelde diagonale streep die reikte van schouder tot halverwege de onderbuik.

Ze staarde en staarde nog meer. Verstijfd. "Heeft de

Hive dat gedaan?" vroeg ze, met een fluisterende stem. "Ik bedoel, ben je daarom weggestuurd van De Kolonie?"

"Nee. Ik heb littekens van de granaatscherven van een gecrasht vrachtschip," legde ik uit. "Ik ben van De Kolonie weggestuurd, maar dat was niet mijn thuis. Ik ben nooit gevangen genomen door de Hive zoals Wulf of Braun. Geïntegreerd, ja, maar niet door onze vijand."

"Ik dacht dat jullie alien kerels magische helende capsules hadden of zoiets." Ze trilde nu, dus pakte ik de handdoek die ze me had gegeven en leunde dichterbij en bracht de zachte rechthoek van stof naar haar wang. Ik streelde haar huid met de drogende doek en wenste dat ik haar met mijn vingertoppen aanraakte. Ze duwde me niet weg, dus begon ik haar bleke huid af te drogen. Een uitstekend begin.

" Dat hebben we. Het schip waar ik op zat is beschoten, en ik ben gewond geraakt bij de inslag. Ik was te lang op de asteroïde nadat ik gewond was geraakt zonder medische hulp, zelfs zonder een volledig functionerende ReGen stok. De littekens werden blijvend. De dokters boden aan om mijn wonden chirurgisch te heropenen en me van mijn littekens te ontdoen, maar ik vond het niet nodig. Een beslissing waar ik nu spijt van heb."

"Waarom" Ze keek echt verward. "Dat klinkt verschrikkelijk. Dat ze overal in je snijden."

"Als ik had ingestemd met de procedure, zou ik niet zo'n littekens hebben. Ik heb een beest in me, maar voor jou zie ik er ook uit als een monster." Toen ze me nog steeds niet tegenhield, droogde ik haar andere wang af en haar voorhoofd. Haar lippen. Mijn beest was blij dat ik voor onze partner kon zorgen met de simpelste handelingen. "Ik heb overal littekens op mijn lichaam. Maken ze je bang? Maak ik je bang?"

"Wat?" Ze knipperde, langzaam, alsof ze uit een roes kwam, en ik was geschokt dat de kleine badruimte overspoeld was met de geur van vrouwelijke opwinding. "Nee. God nee. Ik heb mannen gekend die complete klootzakken zijn, Bahre. Jij hoort daar niet bij."

"Je bent veilig bij mij. Ik ben een krijgsheer en eervol. Ik zou sterven voordat ik je pijn zou doen. Ik zou ook sterven voordat ik iemand anders jou iets laat aandoen. Zoals ik al zei, je bent van mij om te beschermen."

Quinn bloosde weer eens en wilde mij niet in de ogen kijken. Ze pakte mijn natte shirt en deinsde weg voor de handdoek die ik had gebruikt om haar aan te raken, en deed een stap achteruit, waardoor er te veel afstand tussen ons ontstond. "Ik zal... Ik zal dit in de droger steken. Ga maar op de bank zitten. Ik pak een deken uit de kast."

Ik gehoorzaamde haar bevel en draaide me om, zodat ik terug kon lopen naar de plek vanwaar ik gekomen was. De geur van haar natte warmte was een streling voor de ziel van mijn krijgsheer. Het bewijs dat haar woorden geen leugens waren. Ze walgde niet van mijn littekens, maar ze had mijn eisen ook niet geaccepteerd. Ik was een vechter en zeer bekend met een missie. Dit was er een die ik zou winnen, maar ik had nog veel werk voor de boeg om mijn mooie partner te verleiden.

5

uinn

Als ik me niet verroerde, zoals nu, zou ik hem achterna rennen en op zijn brede rug springen.

Hij had littekens. Overal. Of in ieder geval overal waar ik het kon zien, en dat was zijn enorme gespierde bovenlijf. Ik wilde elk litteken op zijn lichaam likken, kussen en volgen, zelfs degene die ik nog niet had gezien.

Ik had doodsbang of geschokt of zoiets moeten zijn. Alles behalve deze diepe reactie op het zien van het bewijs van de gruwel die hij had overleefd. Wetende dat hij brutaal sterk was, massief, een krijger, een vechter, een genadeloze vijand voor iedereen die zich tegen hem durfde te verzetten, maakte me zo heet dat ik moeite had om lucht in mijn longen te krijgen. Ik trilde zo hard dat ik nauwelijks kon ademen. Door deze alien soldaat voelde ik me veilig, gekoesterd en beschermd.

Het waren zijn woorden, de meedogenloze felheid ervan, waardoor ik hem geloofde, ook al was hij meer dan een meter groter en minstens honderd kilo zwaarder. Hij was Jeff Randall niet. Hij was niet eens een mens. Hij zei dat hij eerbaar was. Natuurlijk waren er eervolle mannen op aarde, maar welke man zou zeggen dat hij eervol was tenzij hij een hertog uit Engeland was? Niemand deed dat.

Hij was niet trots. Hij maakte zelfs geen grapje. Hij was bloedserieus. Zijn woord was alles voor hem, en dat betekende dat mijn gevoel en verstand het eens waren. Ik was veilig bij Krijgsheer Bahre.

Dat was geruststellend want Jeff was nog ergens daarbuiten. Zelfs met een straatverbod en bewijs van zijn daden, kon de politie niet veel tegen hem doen. Hij had me niet meer benaderd sinds ik Chicago had verlaten, maar ik had hem één of twee keer gezien. Op de parkeerplaats van de supermarkt. Bij de bibliotheek. Openbare plaatsen waar er getuigen waren dat hij me niets deed.

Behalve intimidatie. Behalve me eraan herinneren dat hij me naar Florida was gevolgd en me overal kon pakken, wanneer hij maar wilde. Het was gewoon een kwestie van wanneer.

Hij speelde een kat-en-muisspel, en ik werd langzaam bespeeld. Ik voelde me voortdurend kwetsbaar en bang.

Ik had me al zo lang niet meer veilig gevoeld dat ik bijna vergeten was hoe het was om gewoon iets te willen. Maar mijn lichaam was het niet vergeten. Nee. De verraderlijke slet was opgewonden en wilde een hulp van het alien beest. Op me. Onder me. Achter me. Dat zou ronde één zijn. Dan konden we opnieuw beginnen.

Ik was gek aan het worden. Zou Ellen niet trots zijn? Ik had hem net ontmoet. Hij had elk stalker-ding gedaan. Beweren dat ik van hem was. Me naar huis volgen. Me in de gaten houden.

Toch voelde ik me... gekoesterd. Vooral nadat ik al zijn littekens zag. Ik was kwetsbaar voor hem, maar de blik in zijn ogen, de manier waarop hij vroeg of ik bang was voor zijn oude wonden deed me beseffen dat ik niet de enige kwetsbare was hier.

Het was niet alsof hij een keuze had. Hij had mij niet gekozen. Zijn beest had dat gedaan. Misschien had hij ook niet veel keus gehad. Gebaseerd op wat ik gezien had van Wulf en Olivia in de reality show, was het iets biologisch. Iets waar de Atlan geen controle over had.

Het was intens, maar bloedheet. Ik was gewoon stomverbaasd dat Bahre mij wilde.

Mij.

Hij keek me aan alsof hij me wilde omhelzen en verslinden, ondanks het feit dat ik een ramp was. Mijn haar was al in de war door het douchen en dan de regen. In feite was ik een complete puinhoop. Natte zijde maakte me koud. God, mijn harde tepels waren gebobbeld en zichtbaar.

Geen wonder dat Bahre naar me keek alsof hij me wilde bespringen. En toch had hij dat niet gedaan. Er was geen spoor van ongepaste activiteit in dit huis - als ik de gedachten aan een Atlan penis niet meetelde die zich blijvend in mijn verbeelding hadden gevestigd sinds de tweede keer dat ik hem had gezien. Ik probeerde goed te zijn, maar alles wat ik dacht was slecht, slecht, slecht.

Ik gooide Bahre's shirt in de droger en zette hem aan. Toen dat klaar was, ging ik naar mijn inloopkast en trok een droge pyjama en mijn zijdezachte turkooizen kimono aan. Ik knoopte de sluiting vast; toen haalde ik een dun deken uit de linnenkast en bracht dat naar hem op de bank. Bahre had precies gedaan wat ik had gevraagd en had plaatsgenomen in het midden van het bankstel. Als ik dikkere heupen had gehad, zou er niet genoeg ruimte zijn geweest om me naast hem te wringen. Ik ging voor hem staan, en hij realiseerde zich zijn fout en schoof opzij... ongeveer tien centimeter. Ik trok een wenkbrauw op en probeerde niet te grijnzen om zijn gedrag. Ik had een zetel bij het raam waar ik kon zitten, maar die was volledig decoratief en vreselijk ongemakkelijk. Die plaats innemen zou een regelrechte belediging voor Bahre zijn geweest, en het bewijs dat ik niet eerlijk was geweest toen ik zei dat ik niet bang voor hem was.

Misschien moest ik hem gewoon het deken geven en naar bed gaan. Dat was wat een goed meisje zou doen. Een verstandige vrouw. Misschien gaf Ellen me telepathische gedachten om die kerel te bespringen. Misschien was mijn poesje eenzaam. Misschien was ik wel helemaal eenzaam. En moe van het bang zijn. Toen ik naar Bahre keek, herinnerde ik me dat ik bang was voor Jeff Randall, en Bahre was zeker Jeff niet.

Toen ik mijn besluit had genomen - of misschien had mijn libido dat voor me gedaan - ging ik naast Bahre op de bank zitten en onze benen raakten elkaar. Ik overhandigde hem het deken, en verwachtte dat hij het om zijn blote bovenlijf zou wikkelen. In plaats daarvan opende hij het deken en zorgde ervoor dat ik eerst helemaal bedekt was.

"Je bent nerveus door mij," zei hij.

"Het spijt me," antwoordde ik. Dat was ik ook. Ik was niet schichtig omdat ik gemeen was. Het was instinctief, net als zijn beest dat me wilde.

"Het is beter dan dat jij bang bent."

Ik draaide mijn hoofd en keek naar hem op. "Ik zei het je, ik ben niet bang voor je. Ik ben... ik ben op mijn hoede voor mannen."

Hij fronste en staarde toen. "Heb je een man? Een mens?"

Was hij... jaloers? "Ik? Nee. Ik bedoel, niet nu. Ik ben vrijgezel."

"Ik wil weten waarom je op je hoede bent. Als ik de naam weet van degene die je pijn heeft gedaan, zal ik hem doden."

Mijn mond viel open bij zijn woorden. "Je meent het."

Hij draaide zich iets zodat hij tegenover me op de bank zat. Onze knieën botsten, en hij tilde mijn benen over zijn enorme dijen zodat we pasten. Ik zat half op zijn schoot. Het verbaasde me dat er door zijn warmte geen stoom van zijn broek kwam.

"Natuurlijk. Wie heeft je pijn gedaan?"

Ik plukte aan de deken, zonder in zijn donkere ogen te kijken. "Je kent me net en je wilt hierover praten?"

"Ik wil alles van je weten, maar je moet gelukkig zijn en ik kan zien dat je dat niet bent. Vertel me de naam van deze mens."

Ik zuchtte en zag dat hij een zeer vastberaden alien was.

"Jeff Randall. Maar je kan hem niet doden."

Zijn kaak klemde. "Ja, ik ben me ervan bewust. Ik wil niet dat de relatie tussen de Aarde en de Coalitie weer zo'n probleem wordt als de vorige keer."

"De vorige keer?"

Ik had geen idee waarover hij het had.

"Dingen werden ingewikkeld toen Krijgsheer Braun zijn partner vond. De zaken zijn nu geregeld, maar het doden van een mens zal waarschijnlijk alle winst van de ambassadeur van de afgelopen maand weer teniet doen."

"Eh... oké." Hij sprak perfect Engels, maar wat hij zei was onduidelijk.

Hij hief een hand op en streelde mijn wang. Een oppervlakkige aanraking met zijn vingertoppen.

Ik kantelde mijn hoofd, terwijl ik in het gebaar toestond.

"Vertel me over die Jeff Randall."

Terwijl ik hem vertelde over Jeff die me stalkte, bleef Bahre's hand over mijn huid strelen. Mijn haar. Mijn schouder.

Zijn hoofd draaide zich om, plotseling zeer alert, als een waakhond die een onbekend geluid hoort. "Denk je dat hij nu misschien buiten je huis is?" Toen hij op wilde staan, legde ik mijn hand op zijn biceps om hem tegen te houden.

"Ik weet het niet. Het is mogelijk. Ik heb hem hier in de stad gezien, maar hij heeft niets gedaan."

"Je geest is verward. Je bent bang."

"Nou, ja. Maar denk niet aan hem. Zoals je zei, je wilt

geen problemen tussen de Aarde en de Coalitie. Je bent hier bij me, en je zei dat je me zou beschermen."

Ik kaatste zijn eigen woorden naar hem terug. Ik gebruikte ze om hem nu te bewijzen dat niemand me zou kunnen aanvallen met hem in de buurt.

Hij gaf een grappige knorr. Meer een grom. Was dat zijn beest? En waarom maakte dat geluid me nat? Nee... natter.

" Partner," zei hij, met een diepe stem. Zijn donkere blik was nu op mijn lippen gericht. Hij legde zijn handen op mijn schouders. Zachtjes. Eerbiedig. "Je bent zo mooi."

Hij was zo groot, en ik voelde me klein en vrouwelijk. Beschermd. Zijn littekens bewezen dat hij krachtig was. Een overlever.

Ik hoefde niet sterk voor hem te zijn. Alles wat hij wilde was ik. Ik kon niet langer weerstaan. Toen hij zo dichtbij was, toen ik me in een cocon van veiligheid voelde die alleen hij me zou kunnen bieden, liet ik me gaan. Ik liet al mijn verdediging zakken. Al mijn muren. Tenminste voor dit moment.

"Kus me," fluisterde ik.

Zijn handen kwamen omhoog en omklemden mijn wangen. Hij liet zijn hoofd zakken en deed precies wat ik vroeg.

Hoe kon zo'n grote Atlan zo zachtaardig zijn? Zo... lief? Dat zou ik hem niet vertellen. Nooit.

Ik genoot gewoon van de zachte beweging van zijn lippen over de mijne. Ik zuchtte onder de streling, ontspande me en viel achterover op de bank, liet hem over me heen komen, een van zijn knieën naast mijn heup, een hand op de arm van de bank om zijn gewicht van me af te houden. Ik liet zijn tong naar binnen glijden en nam.

"Partner," gromde hij tegen mijn lippen.

Ik was niet van plan tegen te spreken toen de harde druk van hem me deed kreunen. God, hij was krachtig. Mannelijk, of wat het buitenaardse woord voor dat ook was. Dominant.

Ik voelde de harde druk van zijn penis tegen mijn been, en hoewel hij zoveel groter was dan mij, voelde ik me machtig. Ik was degene tot wie hij zich aangetrokken voelde. Ik was degene waarover hij in de regen had gewaakt. Ik was degene die hem hard had gemaakt.

Ik.

Ik verstrengelde mijn vingers in zijn zijdezachte haar en kuste hem helemaal gek.

Zijn hand gleed op en neer langs mijn zij en maakte mijn badjas los. Ik voelde de koele lucht tegen mijn huid en wist dat hij mijn topje omhoog had gedaan.

We waren allebei nog steeds aangekleed - zonder zijn shirt - en we zoenden als tieners. Toen zijn enorme hand mijn borst vastpakte, verbrak ik de kus en schreeuwde het uit.

Dit waren geen zachte mannenhanden. Ik voelde eelt, ruwe huid die over de mijne schraapte. Dit was een handpalm die een wapen had vastgehouden. Vingers die de trekker hadden overgehaald. Een greep die had gedood.

En toch trok hij aan mijn tepel met een zachte vaardigheid die mijn clitoris deed trillen, mijn poesje was doorweekt voor hem.

"Bahre," zei ik, terwijl ik zijn naam tegen zijn oor fluisterde.

" Fuck, je bent zo zacht. Ik zou je zo makkelijk pijn kunnen doen."

Ik kon nauwelijks ademhalen, ik kon nauwelijks nadenken bij wat zijn hand deed. Geen actie onder de taille, niets verder dan het tweede honk. En ik kwam bijna klaar.

"Je zult me geen pijn doen." Ik stak mijn tong uit en likte zijn nek. Kuste het kleine litteken daar.

"Nooit," beloofde hij, en gromde toen. Hij hief zijn hoofd op en staarde me aan. Hij nam de tijd om elk deel van mijn gezicht te bekijken. "Ik moet stoppen."

Ik verstevigde mijn greep op zijn haar. "Stoppen?" In het begin was ik misschien op mijn hoede geweest voor hem, maar nu ik bijna klaarkwam, was ik helemaal van gedachten veranderd. Ik was klaar om mijn kleren uit te trekken zodat hij die grote penis in mij kon steken. Om me vol te spuiten. Ik wist niet eens zeker of hij zou passen, en dat deed me jammeren.

Zijn kaak klemde zich samen, de spieren in zijn nek verkrampten. "Ja, stop. Zoals je zei, we kennen elkaar net en ik zal geduldig zijn."

"Geduldig."

Hij knikte, maar zijn blik was op mijn lippen gericht. Zijn hand omvatte nog steeds mijn borst.

"We moeten met elkaar vertrouwd raken."

Ik fronste mijn wenkbrauwen. "Wil je... wil je het rustig aan doen?"

Was hij gek geworden? Zijn hand lag... op... mijn... borst. Mijn tepel was zo hard dat hij waarschijnlijk een gat in zijn handpalm maakte.

"Ja."

Welke man spreekt er nu zo? Was hij krankzinnig? "En welke... datum?"

"Je beter leren kennen voordat ik je opeis."

"Dit opeisen. Wat houdt dat in?"

Hij gromde en trok toen aan mijn tepel. Terwijl hij zei dat hij het rustig aan wilde doen, had zijn lichaam andere ideeën. Misschien was het zijn beest. Op dit moment vond ik zijn beest wel leuk.

"Je zou van mij zijn. Voor altijd. Er zou geen weg terug zijn. Er is geen sprake van een aardse scheiding. We zouden mijn paringshandboeien dragen als een uitwendig teken van onze verbintenis. Ik zou ze om je polsen doen en je neuken zoals de Altans dat doen. Tegen een muur, je armen boven je hoofd, je polsen vastgebonden."

" Holy shit," fluisterde ik. Ik had seks-tegen-de-muur gezien in films, maar het zelf nog nooit gedaan. Ik had nog niet veel anders gedaan dan missionarishouding. Het idee dat dit echt iets was wat hij met me wilde doen, deed me kronkelen, waardoor zijn penis nog nadrukkelijker tegen mijn dij duwde.

"Bahre. Ik ben er nog niet klaar voor om opgeëist te worden. Zoals je zei, we hebben elkaar net ontmoet en dat is een grote stap, ook al weet je dat ik de ware ben voor jou en je beest. Maar ik wil ook niet stoppen. Kunnen we iets tussenin doen? Het is zeker een manier om elkaar beter te leren kennen."

Zijn ogen fleurden op alsof hij een klein kind was en ik hem had verteld dat de Kerstman eraan kwam. "Ja, dat is een uitstekend idee. Ik kan je vullen met mijn penis en je genot geven zonder je op te eisen." Hij wierp een blik tussen ons in om naar zijn hand te kijken terwijl die mij omklemde. "Ik wil niet stoppen met je aan te raken. Ik wil je gekreun horen. Het hijgen. Hoe je aanvoelt in mijn handen." Hij kneep zachtjes in mijn borst. "Ik wil meer van je proeven dan alleen je mond."

Oh ja. Dat wenste ik ook.

"Oké," fluisterde ik.

Ik dacht dat zijn blik eerder verhit was geweest, maar nu... nu kon ik verschroeid worden door die donkere blik.

"Ik ben groot," zei hij.

Ik wilde duh zeggen, want... ja. Twee en halve meter lang? Zo breed als een schuur?

"Ik wil je geen pijn doen."

"Dat doe je niet," zei ik onmiddellijk. Ik kende hem nog niet lang, maar hier was ik zeker van. Waarom ik hem nu geruststelde was ironisch. Ik was lang genoeg bang geweest voor mannen, dat ik voor schaduwen wegsprong en elke vorm van ontmoeting of pick-up uit de weg ging. En toch met Bahre, hij kon me echt breken als een twijgje. Dus waarom was ik degene die hem vertelde dat ik veilig was?

Het sloeg nergens op.

Terwijl Atlans vanaf hun geboorte werden opgevoed om hopelijk hun ene perfecte partner te vinden, wisten ze niet wie zij was. Ook al was Bahre naar de Aarde gekomen voor het Vrijgezellenbeest programma, ik betwijfelde of hij had verwacht haar hier te vinden. Toch had hij haar gevonden. Dus hij had maar een partner gehad voor de tijd dat ik hem kende.

Het moet dus ook een beetje overweldigend voor hem zijn geweest.

Hij liet zijn hoofd zakken en kuste me weer, maar hij bleef niet staan. Hij gleed met zijn lippen langs mijn kaak, naar de plek achter mijn oor, en zo verder naar beneden langs mijn nek.

Ik kreeg kippenvel op mijn huid, en niet omdat ik het koud had.

Hij ging nog lager, kuste mijn sleutelbeen en toen de diepe V van mijn topje.

"Je hebt te veel kleren aan," zei hij, terwijl hij een blik tussen ons in wierp.

Ik moest hem gelijk geven.

Hij rukte aan de sluiting van mijn badjas, en die kwam los. Hij duwde de zijdeachtige stof van mijn schouders, en ik hielp hem om het langs mijn armen naar beneden te schuiven. Zelfs met de badjas aan, had hij mijn topje omhoog en over mijn linkerborst geduwd.

Hij probeerde de kleine knoopjes aan de voorkant open te krijgen, maar zijn vingers waren te groot. Hij gromde gefrustreerd terwijl hij op zijn knieën ging zitten en over mijn benen streelde.

Ik ging rechtop zitten en trok het topje over mijn hoofd en liet het op de tegelvloer vallen.

Hij staarde. En staarde. Ik wist niet eens zeker of hij nog ademde.

Toen sprong hij op - als een enorme alien dat kon doen. Ik lag weer op mijn rug, de zachte bank achter me. Zijn mond klemde zich vast rond mijn tepel en...

"Holy shit," zei ik, starend naar het plafond.

Ik kromde mijn rug en duwde meer van mijn borst in zijn gezicht. Zijn tong. De zuigkracht. Mijn God, hij was goed.

Er was een directe lijn tussen mijn tepel en mijn clitoris, en hij trok en duwde en... Ik zou hiervan klaarkomen. Shit.

Pas toen ik zo dichtbij was dat ik genadeloos aan zijn haar rukte, hief hij net zijn hoofd op en wisselde van kant.

Mijn vingers ontspanden lichtjes en hielden hem op zijn plaats.

Hij gromde terwijl hij zich vermaakte met mijn borsten, ging toen nog lager en likte in een cirkel rond mijn navel voordat zijn vingers zich in de tailleband van mijn pyjamabroek krulden.

Hij keek naar me op, zijn kin streek langs mijn buik. "Ik wil alles van je proeven."

"Ja," ademde ik, mijn heupen wiegend om hem te helpen mijn broekje uit te trekken.

Hij schoof van de bank op de grond zodat hij naast me knielde. Hij greep één enkel en tilde mijn been tot aan de rugleuning van de bank, de andere trok hij naar zich toe zodat mijn knie gebogen was en mijn voet nauwelijks de vloer raakte.

Ik lag wijd gespreid. Open voor hem.

Daar was hij , opnieuw aan het kijken. Ik onthaarde mezelf niet zoals sommige van mijn vriendinnen, maar ik verzorgde mezelf wel. Een paar brutale kerels vroegen me of de kleuren bij elkaar pasten, en dat was zo.

Bahre streelde met een vinger mijn koperen krullen, gleed er toen mee langs mijn spleetje en maakte me open.

"Je schoonheid, het is... verblindend," kreunde hij, en ging toen weer aan de slag.

Mijn knieën kwamen overeind bij de eerste aanraking van zijn tong met mijn clitoris, maar zijn grote handen hielden zich vast aan de binnenkant van mijn dijen en hielden me open.

Hij was gulzig. Grondig. Vrijgevig. Toen hij zijn vingers erbij betrok en een paar magische draaibewegingen met zijn tong combineerde met een paar vakkundige krulletjes met zijn vingers die hij in me had laten glijden, kwam ik klaar. Ik had nog nooit eerder een man gehad die me had laten klaarkomen. Meestal moesten mijn vingers er aan te pas komen om klaar te komen, maar dit? Jezus mina.

Er was geen houden meer aan. Het was plotseling. Intens en ik schokte onder hem, schreeuwde zijn naam terwijl alles wit werd door het meest intense orgasme van mijn leven.

Het ging maar door en door tot ik uiteindelijk onderuitgezakt en voldaan op mijn bank lag - waar ik nooit meer op zou kunnen zitten zonder aan dit moment terug te denken - terwijl hij zachtjes mijn dijen kuste.

"Geen kaart nodig voor jou," zei ik uiteindelijk.

"Hmm?" vroeg hij.

Hij pakte me op alsof ik een pop was, zodat ik op zijn schoot zat, schrijlings over hem heen. Naakt. Ik kon de sappige, door orale seks veroorzaakte glimlach op mijn gezicht niet verhelpen. Hij streek mijn vochtige haar uit mijn gezicht. Het verbaasde me dat het niet helemaal droog was, aangezien het zo heet was geweest.

"Ben je goed bevredigd, partner?" vroeg hij.

Ik knipperde langzaam met mijn ogen en keek hem aan. Hij had diezelfde spanning over zich, maar zijn lippen waren glad van mijn opwinding en hij had die tevreden mannelijke glans in zijn ogen die liet zien hoe blij hij was dat hij me had laten klaarkomen.

"Tevreden? God, dat was... geweldig." Ik keek omlaag tussen onze lichamen, en zag de dikke bobbel die de stof van zijn broek tot maximale veerkracht uitrekte. "En jij?"

"Ik ben tevreden als jij dat ook bent."

Ik lachte en knoopte zijn broek los. Zijn penis kwam vrij. Ja, hij was overal groot. Ik kon mijn hand niet om hem heen krijgen.

Hij gromde en ik glimlachte. Ja, ik voelde de macht over hem.

Dat orgasme was waanzinnig, maar ik was nog niet klaar. Ik had een onzelfzuchtige, prachtige alien geliefde, en we waren nog lang niet klaar.

Ik ging op mijn knieën zitten zodat ik boven hem zweefde. " Mannen zijn allemaal hetzelfde. Leugenaars. Je mag dan blij zijn met jezelf dat je me klaar hebt laten komen, en daar krijg je zeker een gouden ster voor, maar je penis ziet eruit alsof hij een boom omver kan hakken."

Hij legde een hand op mijn heup. "Partner."

Ik hield me stil en ontmoette zijn ogen.

"Ik ben groot."

"Ja, dat heb je al gezegd. Ik kan het zien."

"Ik wil je geen pijn doen."

"Eh, gebaseerd op de manier waarop je kin glinstert, zou ik zeggen dat ik er meer dan klaar voor ben."

Zijn ogen werden warm, en hij likte met zijn tong over zijn lippen. "Je smaakt echt zoet."

" Denk je dat je niet past." Ik streelde hem terwijl we

praatten, en zijn ogen gleden dicht, zijn hoofd viel achterover op de bank.

"Partner," zei hij nog een keer, maar dit was een mengeling van grommen en smeken. Zijn handen grepen de kussens van de zitting vast, en het leek alsof hij de stof zou scheuren, zijn knokkels waren helemaal wit.

Ik liet me zakken, drukte de kruin van zijn penis tegen mijn ingang en bracht hem toen een centimeter of zo in me.

Zijn kaak klemde zich samen, en ik vroeg me af of zijn achterste tanden niet kraakten.

"Je past."

Zijn ogen sprongen open, en nu lagen zijn beide handen op mijn heupen. Toen nam hij het over. Ja, ik had hem niet als een passieve geliefde gezien, maar als een voorzichtige man.

Hij was groot. Overal. Hij kon me pijn doen, inclusief mijn vagina.

Maar dat zou hij niet doen. Ik wist dat hij dat niet zou doen.

Ik wilde hem bevredigen. Hem tonen dat mijn poesje even magisch was als zijn tong.

Hij drukte me op en neer, mijn vochtigheid versoepelde het neergaan.

Ik legde m'n handen op z'n schouders en liet hem zich op en in me neuken. Centimeter voor centimeter tot ik op zijn dijen zat. Hij had zijn broek nog steeds aan, en ik voelde het zachte schuren van het materiaal tegen mijn dijen.

"Zie je, je past." Ik klemde mezelfs tegen hem aan, en als er een grens was aan zijn geduld en voorzichtigheid, dan was het wel die kleine kneep tegen mijn binnenwanden.

Hij neukte me toen hard, tilde me op en neer terwijl hij met zijn heupen in me stootte. Mijn borsten schokten, en mijn clitoris schuurde tegen zijn broek.

Hij was in me gepropt, raakte plaatsen waarvan ik niet eens wist dat ik ze had.

"Ja!" schreeuwde ik.

"Partner," kreunde hij.

Geen van ons beiden hield het lang vol. Ik kwam weer klaar, druipend over hem heen en zonder enige hulp van mijn handen. Hij stootte nog drie keer diep met zijn heupen, en hij gromde zo diep dat ik dacht dat de ramen trilden. Ik zou blauwe plekken op mijn heupen krijgen van zijn vingers, maar het was niet pijnlijk. Het was bezitterig.

" De mijne," zei ik.

Zijn donkere blik ontmoette de mijne. Hij bloosde en het zweet droop van zijn voorhoofd. "Quinn," sprak hij. "We zijn nog niet klaar."

Ik schudde mijn hoofd, en ik huiverde, mijn tepels kriebelden.

"Nee, we zijn niet klaar."

"Bed. Nu."

Hij stond op, nog steeds diep in me. Ik wees in de richting van mijn slaapkamer. Toen nam hij het over, en nam me de hele nacht opnieuw en opnieuw. Hij was onverzadigbaar. En ik ook. Want een beest in mijn bed was... perfect.

6

uinn, *Make-up ruimte, 9 News, late namiddag*

Cijfers. Grafieken. Temperatuurmetingen. Alle gegevens waar ik gewoonlijk graag mijn gedachten in verzonk, vervaagden tot ik alleen Bahre zag. De manier waarop hij keek toen hij zich over mijn lichaam boog en me vulde. De littekens op zijn borst en armen. Zijn lippen. God, die kusbare, sexy, hete lippen.

"Aarde aan Quinn." Ellen glimlachte alsof ze elk geheim kende dat ik niet deelde. Dat was niet zo, maar ze kon het wel raden. Iedereen had de live-uitzending gezien en wist van Bahre. En van mij. Ik en Bahre.

"Ja?"

"Je gloeit bijna. Vertel me alles." Ze knipoogde.

Voor het eerst in jaren giechelde ik als een meisje en bracht toen mijn vingers naar mijn lippen, maar voorzichtig om de lippenstift die ze zo zorgvuldig had aangebracht niet uit te vegen. "Ik kus niet en vertel het niet. Dat weet je."

"Maar je hebt wel gezoend, hmmm?" Ze draaide haar hoofd opzij om me te bestuderen alsof ik Net Geneukt op mijn voorhoofd geschreven had staan. "Misschien heeft hij jou gekust? Misschien heeft hij je overal gekust?"

"Misschien..." Ik keek weg.

Ellen lachte, maar dat kon me niet schelen. Mijn wangen waren warm, en ik wist zeker dat ze deze ochtend geen blos hoefde aan te brengen. Mijn hele lichaam zoemde alsof ik tien jaar had geslapen en nu pas wakker werd. Alleen al de gedachte aan Bahre maakte me verlangend en nat, mijn borsten zwaar en pijnlijk van verlangen.

Het beste deel? Ik had al bijna twaalf uur niet meer gedacht aan de eikel die me stalkt of aan mijn ex. Dat was een wonder als er ooit een was.

Het enige waar ik aan kon denken was Bahre. Ik wilde meer. Ik wist dat hij dat ook wilde.

Veel meer. Meer kussen. Meer aanrakingen. Ik hield van de manier waarop hij zijn enorme handen op en neer langs mijn ruggengraat liet gaan. Door zijn zachte aanrakingen voelde ik me gekoesterd en geliefd. Ik hield ook van de manier waarop hij zijn harde lichaam in me stootte. Daardoor voelde ik me wild, wellustig en aantrekkelijk. Vrouwelijk. Ik voelde me perfect als ik bij hem was. Volmaakt. Dat leek totaal onmogelijk, maar het was de waarheid. Ik kon voor mensen moeilijk zijn om mee om te gaan. Vooral mannen. Ik was prikkelbaar en defensief.

Voorzichtig. Op mijn hoede. Ik wist dat dat een feit was. Ik kon mezelf in of uit zo'n beetje alles praten met logica en koude, harde analyse. Ik was bang om weer een relatie met een man aan te gaan na mijn eerdere slechte ervaringen.

Maar Bahre was geen man. Hij was een alien. Een beest. Als hij naar me keek, voelde ik me alsof ik misschien iemand anders kon zijn. Iemand perfect. Iemand die niet de hele tijd bang hoeft te zijn. Elk raam in de gaten moest houden. Pepperspray in mijn hand moest dragen elke keer als ik naar buiten liep. Omdat Bahre me zou beschermen. Ik wist dat. Hij had het gezegd. Mijn lichaam wist dat. Elke cel in mijn lichaam vertrouwde erop dat hij me geen pijn zou doen. En hij was groot genoeg om iedereen weg te jagen.

Zelfs Jeff Randall.

Mijn beest was nu beneden, zijn spullen aan het pakken en de anderen over mij aan het vertellen. Tegen de producers van het Vrijgezellenbeest programma zeggen dat hij niet hun volgende ster is. Ik had het gevoel dat dat niet goed zou gaan, maar wie zou er in discussie gaan met een twee en healve meter lange Atlan? Er waren toch andere Atlans die met hem naar de Aarde waren gekomen, die in zijn plaats gekozen konden worden. Hoewel, als zij hun partner vonden zoals Wulf, Braun, en Bahre, was de show gedoemd.

Dat was niet mijn probleem. Mijn glimlach keerde terug. Hij zou snel naar me toe komen. Ik had afgesproken dat hij een paar dagen kon blijven, kijken hoe het ging. Uitzoeken of we echt zo goed bij elkaar pasten als het leek. Seksueel bij elkaar passen? Absoluut. Dit was niet de typische hij-laat-de-tandpasta-dopje-liggen situatie. Hij was een Atlan.

Toen we gepraat hadden - in bed en naakt - was hij niet beestachtig geworden en had hij geen eisen gesteld. Als hij dat had gedaan, had ik hem gezegd op te rotten uit mijn leven. Ik had genoeg van arrogante klootzakken die dachten dat ze mij konden bezitten. Ik wilde een partner in het leven, geen baas.

Maar misschien zou het niet zo erg zijn om toe te behoren aan een beest. Tenminste, één bepaald beest. Als gisteravond elke avond was... God.

Ik lachte nog steeds toen Ellen haar spullen pakte. Ik besefte dat ze verder niets had gevraagd omdat ik in mijn hoofd in la-la-land was.

"Ik ga mijn penselen schoonmaken. Je zal het vanavond geweldig doen." Ze klopte op mijn schouder en gaf me nog een knipoog in de spiegel.

"Dank je." Ik voelde me geweldig. Ik had vandaag extra zorg besteed aan mijn uitstraling. Ik wilde er aan de buitenkant net zo mooi uitzien als ik me vanbinnen voelde. Ik had mijn meest sexy, zuiver zijden slipje en beha aan. Niemand zou ze zien behalve ik - en Bahre -, maar ik voelde me er vrouwelijk en verleidelijk mee onder mijn werkkleding. Ik had een roze zijden blouse uitgezocht met een diep decolleté en een van mijn favoriete sieradensets, de amethisten in een schitterende paarstint die de blouse perfect aanvulde, een zwarte kokerrok, en mijn absolute lievelingsschoenen. Ze waren zwart, ze glinsterden, en de hakken waren van staal en minstens tien centimeter hoog. Het was een outfit die ik al eerder voor de camera had gedragen, en ik voelde me als een prinses op die killer hakken. De blouse sloot nauw aan rond mijn borsten, de rok zat strak, en ik hoopte dat Bahre na het werk zijn handen niet van me af zou kunnen houden.

Ellen liet me alleen, en ik sloot mijn ogen, haalde diep adem en liet mezelf nog één moment niets anders dan Bahre in mijn hoofd hebben.

"Oké, vrouw. Genoeg. Concentreer je." Ik praatte tegen mezelf, wat niet ongebruikelijk was. De klop was verwacht en precies op tijd.

"Tien minuten, Quinn." De stagiair zou niet te laat komen met zijn enige taak.

"Bedankt!" schreeuwde ik.

Toen de deur openging, keek ik niet op van de papieren op mijn schoot. Ellen kwam altijd weer binnen en begon dan op te opruimen.

"Gegroet, Quinn McCaffrey. Partner van Krijgsheer Bahre."

De diepe stem schokte als een stroomstoot door mijn systeem, en ik draaide me om, om de zeer grote man te zien die de deur achter zich sloot en op slot deed.

Ik verstijfde.

Voor een seconde dacht ik dat het Jeff Randall was, maar nee. Deze kerel was te groot. De stem te diep.

Toen hij zich omdraaide, herkende ik hem niet. Zijn huid was donker, maar niet de rijke mokka-kleur van een mens, meer koperkleurig, alsof hij een heel slechte spray tan had. Zijn ogen waren verborgen achter een zonnebril, maar hij deed hem af en stopte hem in zijn zak, zodat hij naar me kon glimlachen.

Zijn ogen waren vreemd gevormd, de gouden kleur

kon bijna doorgaan voor bruin. Bijna. De botten van zijn wangen waren te prominent aanwezig. Hij zag er gewoon vreemd uit. En enorm. Hij was ruim twee meter lang en zo groot dat hij waarschijnlijk een kleine auto met zijn eigen handen kon optillen.

Hij kon bijna doorgaan voor een Prillon krijger in een pak.

Toen hij zijn hoektanden liet zien... godverdomme. Hij was geen Prillon. Prillons hadden geen hoektanden, voor zover ik wist, en ik had gelezen over alle buitenaardse rassen. En toch was hij zeker geen mens.

"Wie... wie ben jij? Ga uit mijn kleedkamer."

"Wie ik ben is onbelangrijk. Jij, echter..." Hij pauzeerde en liep langzaam naar me toe. Hij tilde een hand op om me te strelen en hij liet zijn vingers door mijn haar glijden. Ik kromp ineen, maar ik kon niet ver achteruit gaan in de make-up stoel. Mijn handen klemden zich vast aan de armen van de stoel. Ik probeerde niet over te geven, hem in mijn gezichtsveld te houden en tegelijkertijd naar mijn mobiele telefoon op de toonbank te grijpen. Ik had 112 onder de sneltoets. Als ik hem maar te pakken kon krijgen...

"Niets van dat alles. Je communicatiemiddelen mogen primitief zijn, maar je zal geen hulp zoeken." De enorme alien pakte mijn mobiel van de make-up tafel en stak het in zijn zak. Shit.

"Wie bent u?" vroeg ik opnieuw. "Wat wil je in godsnaam?"

Zijn blik dwaalde over mijn haar, mijn nek, mijn lichaam. "Wraak. Je partner heeft een aantal zeer slechte dingen gedaan. Mensen pijn gedaan. Het is tijd om hem ook pijn te doen."

Oh God. Hij was hier vanwege Bahre. Ik mag dan stalkers aantrekken, maar geen buitenaardse stalkers.

"Ik heb geen partner," snauwde ik. Ik wist niet zeker of dat wel waar was, tenminste niet in Bahre's ogen, maar ik was niet vies van een leugen tegen deze freak om hem zover te krijgen dat hij me met rust liet. Ik kon schreeuwen. Iemand zou...

De alien bewoog sneller dan ik kon volgen, zijn hand bedekte mijn mond toen er nauwelijks een piepje was ontsnapt.

Zijn hand was warm en groot en bedekte me van oor tot oor.

"Nee. Ik ben hier omdat jij en Bahre, hoe zeg je dat, viraal zijn gegaan? Niet alleen op Aarde. Ze spelen jullie schattige ontmoeting af over alle communicatiemiddelen van elke planeet. Jullie zijn de hit van het hele universum. Krijgsheer Bahre, held van de Coalitievloot, huurmoordenaar en topagent voor de Inlichtingendienst, heeft een klein menselijk vrouwtje gevonden om zichzelf aan te koppelen." Hij wierp een blik op mijn handen. "Geen handboeien. Bahre is niet zo slim als ik dacht."

Ik probeerde ontkennend met mijn hoofd te schudden, maar hij boog zich over me heen en bedekte mijn mond met zijn hand, zo dichtbij dat ik de vreemde strepen in zijn ogen kon zien. Ik had nog nooit zoiets gezien, zelfs niet bij hagedissen. Zo dichtbij realiseerde ik me dat de gouden kleur eigenlijk zwarte en gele strepen waren, zo dun dat de kleuren in elkaar overvloeiden.

Het effen zwarte pak en de blauwe das deden hem te

menselijk lijken, tot je in zijn ogen keek. Of tot hij lachte en zijn hoektanden liet zien. God... hoektanden! Was hij een vampier? Serieus. Een paar jaar geleden geloofde ik zelfs niet in aliens. Ging hij me bijten? Shit.

Hij drukte zijn neus tegen mijn haar en inhaleerde. Ik deinsde terug. "Als er niet zo'n hoge prijs op je hoofd stond, mens, zou ik je voor mezelf houden."

Prijs op mijn hoofd?

Waar had hij het over?

Terwijl hij me nog steeds op mijn plaats hield, greep hij in zijn zak en haalde er een klein metalen apparaatje uit, ongeveer zo groot als een grote munt. Hij legde het op mijn dij en bedekte het voorwerp totdat ik een scherpe pijnscheut voelde, alsof het apparaatje zich aan mijn rok had vastgehecht en net iets te diep had gegraven.

"Je gaat genieten van je nieuwe leven bij Cerberus, mens."

Hij deed een stap achteruit, en mijn mond was eindelijk vrij. Ik probeerde te schreeuwen, maar de lucht werd uit mijn lippen gerukt voordat het geluid geregistreerd was toen alles om me heen begon te draaien en vervormde. IJskoude klauwen groeven in mijn vlees, en mijn wereld werd zwart.

BAHRE

MIJN MEDE KRIJGSHEREN, mijn broeders van Atlan, verzamelden zich om mij heen met een glimlach op elk gezicht op het moment dat ik binnenkwam. Ze hadden een groot deel van de kamer vrijgemaakt om te sporten. Atlan krijgsheren opgesloten houden in zo'n kleine ruimte was geen goed idee.

Mijn partner was zich boven aan het voorbereiden op haar avond om voor het vreemde groene scherm over het weer van de Aarde te spreken. Ze moest hier lang genoeg blijven om de voorstelling later op de avond te herhalen, en ik werd er onrustig van. Ik wilde haar mee naar huis nemen. Nu. Haar uitkleden en haar steeds opnieuw opeisen. Mijn beest ging akkoord. Slechts twee verdiepingen scheidden ons in dit hoge gebouw, maar dat was te veel. Ik probeerde kalm te blijven, maar het was moeilijk. Ik had haar aangeraakt. Haar geproefd. Haar gevuld. Gescheiden zijn was een strijd.

Terwijl zij haar werk deed en de mensen vertelde over hun dagelijks weer, was ik hier gekomen om de paar dingen die ik had bijeen te rapen en de anderen van mijn geluk te vertellen zonder te ver van mijn vrouwtje te zijn. Ik onderdrukte een grom van mijn beest. Als hij haar niet aanraakte, geloofde hij dat we te ver weg waren.

"En?" vroeg Tane.

"Ze is van mij."

De Atlans stonden op en sloegen met hun vlezige vuisten op mijn rug en schouders, sommige harder dan nodig was, als teken van steun. "God zij vervloekt, Bahre. Dat is goed nieuws."

"Ik moet hier als de hel weg. Ik heb elke vrouw uit het programma geroken en niet één van hen interesseerde mijn beest," zei Kai.

"Ik onderga hetzelfde lot, vriend," voegde Tane eraan

toe. "Maar Bahre heeft zijn partner gevonden. Net zoals Wulf en Braun. Er is hoop."

"Er is niet veel hoop voor het Vrijgezellenbeest programma," deelde ik. "Ze moeten nog leren begrijpen dat wij onmiddellijk weten dat de deelneemsters niet onze partner zijn. Er is geen show."

Ze gromden instemmend.

"Ik wens niet dat mijn match op de televisie wordt uitgezonden zoals die van Wulf, en live in het nieuwsprogramma zoals jij gisteravond," voegde Iven eraan toe.

Ik haalde mijn schouders op, het kon me niets schelen. Ik had mijn partner gevonden. Ik had haar beschermd, haar bevredigd. Meer dan eens. Mijn beest was tevreden, voor nu. Ze droeg mijn paringshandboeien niet, maar zoals ik haar gisteravond zei, ik was geduldig.

We spraken een poosje met z'n vijven, en ik genoot er echt van om voor het eerst in vele jaren bij een groep krijgsheren te zijn. Ik was niet op een missie, me aan het voorbereiden om te gaan vechten. Er was geen Hive hier op de Aarde. Dr. Helion had hier geen macht. Ik betwijfelde of hij me terug kon halen uit dit Vrijgezellenbeest programma, zelfs als hij het probeerde. Ambassadeur Lorvar was erbij betrokken geraakt toen Braun en zijn partner een conflict hadden met een dief. Dat betekende dat dit meer was dan alleen maar menselijk vermaak. We waren diplomatieke contactpersonen, of we dat nu wilden of niet.

Die rol stelde me in staat om hier te zijn tussen mijn vrienden, met mijn mooie vrouw dichtbij. Veilig. Wachtend op mij om naar haar toe te komen als haar werk klaar was.

Dan zou de echte discussie beginnen, want ik kon niet op de Aarde blijven. Dat was niet toegestaan. Ze zou me moeten vergezellen naar De Kolonie. Daar wonen. Haar leven op de Aarde achterlaten.

Wat als ze weigerde alles op te geven wat ze had voor een gebroken en getekend beest?

Wat als vannacht voor haar iets anders betekende dan voor mij en mijn beest?

Ik had gehoord van vrouwen, die op zoek waren naar seksuele relaties met mannen op korte etermijn. Het gebeurde zo vaak op de Aarde en ook op andere plaatsen in het universum. Het idee dat Quinn daaraan deelneemt met anderen maakte mijn beest kwaad, maar ik was ook niet onschuldig.

Er zou geen ander voor mij zijn. Ik moest er voor zorgen dat er voor Quinn ook geen ander zou zijn. Het was mijn taak om haar te overtuigen als ze twijfels had.

Zelfs de mogelijkheid dat ze twijfels had deed me panikeren. Mijn handboeien zaten vast aan mijn riem, niet aan onze polsen.

"Dat is een ernstig gezicht, Bahre." Tane zat naast me en keek hoe de anderen weer aan het worstelen waren.

"Ik heb mijn partner niet verteld dat ze de Aarde zal moeten verlaten. Ik weet niet wat haar reactie zal zijn. Ze weet toch dat dat eraan komt."

Tane grinnikte. "Zet gewoon je mond op haar poesje en laat haar klaarkomen tot ze toestemt."

Wat een genot zou dat zijn. Ik grijnsde bij de gedachte, maar mijn vrouwtje was hoogstwaarschijnlijk koppig. Ik had andere Aardse vrouwen ontmoet die gekoppeld waren, en zij stelden het geduld van hun partners op de proef. Stuk voor stuk. Ik verwachtte niets minder van Quinn. "Ik weet niet of dat genoeg zal zijn."

"Dan doe je het niet goed."

Ik duwde hem zo hard dat hij van de stoel viel en op zijn kont op de grond belandde. Maar hij lachte. "Een beetje gevoelig?"

"Ik verzeker je, mijn partner is goed bevredigd." Ik dacht aan het geluid van haar genot toen ik haar had gevuld, de blik op haar gezicht toen ik dat deed. Het trillen en sidderen van haar lichaam.

"Wat is dan het probleem?"

Ik schudde mijn hoofd maar zweeg, ik wilde niet ingaan op de details van de vorige nacht met Quinn. Ze was van mij. Onze tijd samen was ook van mij. Ik wilde haar niet delen.

"Je bent onweerstaanbaar, Bahre. Eén nacht en ze laat je in haar bed." Hij grijnsde weer, blij voor mij, wat een geschenk was van een echte vriend. "Ze zal van je houden. En als dat eenmaal zo is, zal ze je overal volgen."

Ik was er niet zo zeker van, maar ik had geen tijd om in discussie te gaan want er werd op de deur geklopt.

Een van de anderen duwde zich van de vloer op en ging open doen. Ik was verbaasd een klein, ouder vrouwtje aan de andere kant te zien staan. Ze draaide haar handen in elkaar en zag er overstuur uit.

"Is... is Bahre hier?" Ze moest haar hoofd achterover buigen om naar Krijgsheer Iven te kijken.

Ik stond meteen recht, elk instinct schreeuwde me toe dat er iets mis was en dat het niet was omdat ze bang was voor Iven en zijn grootte.

"Ik ben hier." Ik liep naar de deur. Ze stond in het trappenhuis en kwam niet naar binnen.

Ze wenkte me met haar hand. "Je moet komen. Ik bedoel, ik ben Ellen. Ik ken Quinn. Je moet nu komen." Het alarm in haar stem liet mijn beest in een oogwenk naar boven komen.

"Is Quinn in orde?"

Ze keek naar mij en toen weg. "Ik weet het niet."

"Wat bedoel je met, je weet het niet? Waar is ze?" Mijn stem was luider geworden, en ik schreeuwde.

Ze kromp ineen. "Ik weet het niet."

Mijn beest brulde, en het kleine vrouwtje sprong op alsof ze doodsbang was. Iven stak een hand uit om haar te kalmeren, zijn stem vriendelijker en zachter, alsof ze een bang kind was. "Het is al goed, Ellen. Bahre zou nooit een vrouwtje kwaad doen."

"Oké." Ze stond Iven toe haar de kamer in te leiden, met moeite. De deur ging niet dicht en rustte tegen haar voet. Ze keek naar me op. "Jij bent met Quinn, toch?"

"Ze is van mij."

Ellen knikte. "Mooi zo. Dat is wat ik dacht. Jullie video ging viraal, dat weet je? Toen je haar programma onderbrak. De zender is dolblij. Veertig miljoen keer bekeken in de eerste twaalf uur. En ze was zo blij toen ze binnenkwam..." De ratelende stem van de vrouw stokte, en Tane stak een hand uit om me te waarschuwen terwijl Iven haar aanspoorde om door te gaan.

"Waar is Quinn nu?" vroeg Iven, met een opzettelijk zachte stem, geheel tegengesteld aan de mijne.

"Ik weet het niet. Ik was klaar met haar make-up, ging even weg om schoonmaakmiddel voor mijn kwasten te halen, en toen ik terugkwam hoorde ik haar schreeuwen, maar toen ik de deur opendeed, was ze weg."

Mijn handen balden zich tot vuisten.

"Wanneer?" vroeg Tane.

"Ongeveer twintig minuten geleden. Het spijt me. Ik was vergeten dat je hier beneden was tot de politie vroeg of ze met iemand afsprak. En omdat Quinn Jeff Randall - de man die haar stalkt - hier in Miami had gezien, dacht ik eerst dat hij het misschien was. Snap je? Ik wist gewoon niet zeker wat ik moest doen."

Ik verwerkte alles wat ze zei. Quinn had 20 minuten geleden geschreeuwd, en ik hoorde het nu pas. De politie was hier. En de vermelding van haar stalker, alweer, zorgde ervoor dat mijn beest hoofden van lichamen wilde rukken. Eén in het bijzonder, omdat de lokale politie daar niet toe in staat was.

"Laat eens zien," zei ik, op de toppen van mijn tenen en klaar om de vrouw uit de weg te slaan en de twee trappen op te rennen.

Ellen draaide zich om alsof ze opgelucht was dat ze zich kon bewegen en begon de trap op te lopen. Ik volgde met Tane vlak achter me. De anderen bleven achter op mijn bevel. Ik had geen behoefte aan een groep Atlans die deze zender overhoop haalden of mijn partner of haar vrienden bang maakten. Twee zou genoeg zijn.

Toen we de bovenverdieping bereikten, opende Ellen de deur naar de chaos.

Overal waren menselijke politieagenten, vier ervan direct in het zicht. Ze waren gekleed in identieke donkere uniformen, hun borstkassen gevuld met wat ik aannam een menselijk harnas was.

De bewaker die aan haar werkplek was toegewezen, sprak op geanimeerde toon met een van de menselijke agenten, die aantekeningen maakte. Een andere agent was met zijn radio bezig, terwijl een van de vrouwen die de leiding over de camera's had, met haar armen in de lucht liep te zwaaien en iedereen zei stil te zijn, dat ze over vijf minuten "in de lucht" zouden zijn.

" Krijgsheer Bahre?" Een jonge vrouwelijke officier kwam dichterbij. Het tengere mens staarde me aan, met haar handen op haar heupen.

Ik knikte, hoewel ik er niet aan twijfelde dat ze wist wie ik was. Mijn foto stond in de lobby, en zoals Ellen had gezegd, was ik overal op de televisie te zien. "Ja. Ik ben Bahre."

"Ik ben agent Daniels. Kom met me mee alstublieft. We willen u wat vragen stellen."

Nee. Zij stelde geen vragen. Dat deed ik. "Waar is mijn partner? Waar is Quinn McCaffrey?"

"Dat is wat we proberen uit te zoeken."

Omdat de jonge vrouw geen bruikbare informatie gaf, wendde ik me tot Ellen. "Waar was ze toen ze werd meegenomen?"

"Wacht eens even. Hoe weet je dat ze tegen haar wil is meegenomen?" De agent volgde Ellen door lelijke, kale gangen naar een deur die eruitzag als elke andere.

Ellen stopte en wendde zich tot mij. " Hier."

Ik greep naar de deurklink.

"Raak dat niet aan!" Agent Daniels plaatste haar lichaam tussen mij en de deur. Mijn beest was niet blij. "Er kunnen vingerafdrukken op die deurklink zitten."

Ik gaf helemaal niets om vingerafdrukken. "Ga opzij of ik zal je opzij zetten, vrouwtje."

"Bahre." Tane's hand rustte op mijn schouder, en hij stapte om me heen om de jonge vrouw aan te spreken. Ik had niet eens door dat hij achter nog steeds achter was. Ik was te geconcentreerd. Te veel gericht op het vinden van Quinn. "Open alstublieft de deur, agent."

Ze staarde me aan. Ze toonde ofwel een verontrustend gebrek aan zelfbehoud, ofwel een onnozele hoeveelheid moed. Ik wist niet zeker wat.

Terwijl ze in haar zak tastte, haalde ze een dunne, slappe handschoen tevoorschijn en trok die aan. Voorzichtig, om niets meer aan te raken dan nodig, draaide ze de klink om en duwde de deur open. Ik wist van vingerafdrukken en hun gebruik bij identificatie, maar het was zo primitief. De technologie van de Coalitie ging veel verder dan die basale onderzoekstaak, en het was uiterst frustrerend dat de persoon die de leiding leek te hebben, dacht dat ze zo belangrijk waren.

Het deed me twijfelen aan het vermogen van de mensen om mijn partner te vinden.

Ik ademde diep in. Meteen overspoelde de geur van mijn partner mijn zintuigen. Ja, dit was Quinn's ruimte. Ze bracht hier veel tijd door.

Ik liep de kamer in en sloot mijn ogen, liet mijn verbeterde zintuigen andere informatie tot me brengen.

De geur van een man. Fris. Agressief.

"Er is een man in deze kamer geweest."

Ellen kwam naast me staan. "Oh, nee. Het waren alleen ik en Quinn vandaag. Mike Rampart heeft een vrije dag."

"Hij niet. Ik heb hem gisteravond geroken. Er was een andere man hier." Ik staarde naar Ellen, die bleek was geworden.

"Oh, nee."

Tane, de agent en ik keken Ellen allemaal verwachtingsvol aan.

"Spreek. Nu," beval ik.

"Ik weet dat ze problemen heeft met Jeff Randall. Ze vertelde me dat ze hem in de stad heeft gezien. Hij heeft haar nooit benaderd, hij stond alleen op een parkeerplaats. Hij heeft zich aan de regels van zijn straatverbod gehouden, maar misschien is hij uiteindelijk achter haar aan gegaan. Ik bedoel, iedereen in Miami zag hoe je haar live op TV als je partner opeiste. Misschien was hij daar niet blij mee."

"Hij nam mijn partner van me af?" Mijn beest was niet tevreden. Ze had gesproken over de bedreiging, me vertelde me over de man, maar ze was de avond ervoor bij mij geweest. Ze was veilig geweest.

Ik keek naar Tane. "Ze was niet veilig, en ik heb haar verlaten.

"Concentreer je," fluisterde hij.

"Ik had deze Jeff Randall moeten vinden. De man meoeten verpletteren en een einde maken aan haar bezorgdheid."

"Niet verpletteren," zei officier Daniels tegen me, en sprak toen in haar radio. Ze luisterde en wendde zich toen tot Ellen. "Mevrouw McCaffrey had een straatverbod tegen Jeff Randall. Is dat juist?"

Ellen knikte. "Ja. Hij volgde het op door precies op de juiste afstand te blijven. Maar hij kwam hierheen vanuit

Chicago. Voor haar. Hij viel haar lastig. Volgde haar overal."

Mijn beest nam het over, en ik groeide nog meer en torende boven Tane uit.

"Oh, shit." Agent Daniels deed een stap achteruit. Tane keek naar me op, en ik wist dat hij hetzelfde dacht als ik. Zijn volgende vraag bevestigde dat.

"Waar kunnen we Jeff Randall vinden? Niet om te verpletteren, maar om Krijgsheer Bahre's partner te vinden."

Ja. Waar was die man die mijn partner kwelde? Ik zou hem vinden. En in tegenstelling tot wat Tane net zei, zou ik hem verpletteren. En als hij Quinn pijn had gedaan, zou ik hem laten lijden voordat ik hem zou doden.

7

Er was een Jager op de Aarde die waakte over Angela, Braun's partner, gedurende de twee weken dat hij van haar gescheiden was. De Jager was door de Premier zelf gestuurd om de partner van de krijgsheer te beschermen terwijl de onderhandelingen tussen Lorvar en het diplomatieke team van de Aarde doorgingen. Braun was van de planeet verbannen en mocht niet terugkeren. Mijn God, niemand had toestemming gekregen om naar de Aarde te komen, behalve de ambassadeur, allemaal omdat een mens zichzelf had gedood door van een trap te vallen terwijl hij een televisie aan het stelen was.

Stomme, primitieve mensen.

Na de afgelopen uren, toen ik zag hoe de politie Quinn probeerde te vinden, en na alles wat Braun had meegemaakt, had ik er geen vertrouwen meer in dat ze mijn partner zouden vinden. Ze zwermden rond en praatten. Maakten plannen. Stelden vragen. Geen mens kon haar, of de man, ruiken zoals ik had gedaan. Hun vaardigheden waren eenvoudig en bescheiden, en dat maakte mijn beest woedend. Ik wilde mijn vertrouwde groep van het IC hier. Nu. Ze zouden haar vinden, en de klootzak die haar meenam, binnen het uur.

Ik had er geen idee van hoe Braun zijn beest in bedwang had kunnen houden toen hij van Angela werd gescheiden, vooral omdat hij paringskoorts had gehad. Ik was mijn verstand aan het verliezen. Mijn beest wilde naar de oppervlakte komen, en ik moest hem steeds weer tegenhouden. Het laatste wat ik wilde was verbannen worden naar De Kolonie en niet in staat zijn om Quinn te vinden. Om haar redding in de handen van deze... onnozelaars te laten.

Die Jager had haar kunnen opsporen als hij nog hier was. Wat hij niet was. Alleen het groepje krijgsheren bij me weerhield me ervan volleig gek te worden. Of in mijn beest te veranderen. We waren meteen naar Quinn's huis gegaan, maar er was geen teken van haar. Geen spoor van de mannengeur die ik had opgepikt in de make-up ruimte. Haar auto stond op de parkeerplaats waar ze vanochtend had geparkeerd. Met mij.

Er waren geen opname apparaten op de werkvloer van de televisiezender. Er was geen manier om te weten wie de make-up ruimte was binnengelopen. Wie naar buiten was gegaan. Waar ze heen waren gegaan. Hoewel er camera's waren in de parkeergarage en de lobby, stond

Quinn niet op de opnames. De politie bevestigde dat Jeff Randall ook niet op de opnames stond.

"Het is alsof ze gewoon verdwenen is," zei Tane terwijl we door de gang voor de make-up ruimte liepen.

"Ik had bij Quinn moeten blijven," zei ik tegen hem. "Aan haar zijde blijven. Verdomme, ik had mijn handboeien om haar polsen moeten doen; dan had ik het geweten op het moment dat ze was meegenomen." De handboeien veroorzaakten pijn als opgeëiste partners te ver uit elkaar waren. De pijn die ik nu voelde was van binnen in me en bijna ondraaglijk. Hulpeloos.

Ik had gered. Verlost. Vermoord. Verminkt. In de val gelokt. Vernietigd. Beschermd. Ik had zoveel dingen gedaan in de IC dat ik het perfecte wapen was voor Quinn. Het perfecte schild tegen het kwaad.

Ik had gefaald. Tijdens de belangrijkste missie van allemaal.

"Waar de fuck is ze?" snauwde ik.

Iemand schraapte haar keel. Ik draaide me om. Ellen. Ze was weer met haar handen aan het draaien, en haar ogen waren gezwollen en rood. "Er is telefoon voor u, Krijgsheer."

Mijn wenkbrauwen gingen omhoog. Ik had het menselijke communicatiemiddel nog nooit gebruikt en kende niemand op de Aarde, maar...

"Quinn?" vroeg ik, terwijl ik naar haar toe liep. Ik torende boven haar uit, wat me deed beseffen hoe klein ze was.

Ze schudde haar hoofd. "Nee... nee. Het is een vrouw van het Bruidenprogramma. Een directeur, zei ze geloof ik."

Ik keek naar Tane. "Het is verdomme onmogelijk dat ze gekoppeld was." Het was geen vraag, en Tane antwoordde niet. Wat kon hij zeggen?

"Waar is dat telefoontje?" vroeg ik.

Ellen wees naar de make-up ruimte, en ze leidde ons naar binnen - de deur stond open en de deurklink was getest op vingerafdrukken - en gaf me een plastic apparaatje dat aan een koordje vastzat.

Ik hield het tegen mijn oor en Ellen knikte en gaf me een zwak glimlachje. Ik kon zien dat ze een goede vriendin van Quinn was, die vreesde voor het leven van mijn partner.

" Krijgsheer Bahre," zei ik, niet zeker hoe ik op de juiste manier moest communiceren, dus stelde ik mezelf voor. Tane stond aan mijn zijde, handen op zijn heupen.

" Krijgsheer, dit is Directeur Egara van het Interstellaire Bruidenprogramma."

Ik antwoordde niet.

"Ik heb informatie over uw partner."

Mijn beest schrok op. "Vertel het me."

Tane verstarde, nu hij wist dat we deze informatie nodig hadden om Quinn te vinden.

"Dit is niet iets om te delen met de menselijke handhaving van de wet, noch om over de telefoon te bespreken. Ik stuur een van de Atlan bewakers van het centrum om je op te halen en je naar mij toe te brengen."

"Ja."

"Ik zal dit gesprek nu beëindigen. Ga alstublieft naar de lobby en wacht daar op hem." Haar instructies waren duidelijk en beknopt. Ik nam aan dat ze wist dat ik niet bekend was met hun communicatiesysteem.

"Ik moet het weten," antwoordde ik.

"Ik zal het je zeggen. Kom gewoon hier. Tot ziens."

Nadat ik een klik hoorde, trok ik het apparaat weg van mijn oor en staarde ernaar. Toen rukte ik huilend het snoer van het communicatieapparaat en smeet de hoorn tegen de muur.

Ellen begon te huilen.

Ik haalde diep adem en ademde uit door mijn mond. Ik balde mijn handen tot vuisten en probeerde mijn stem te verzachten. Mensen waren snel bang, en Ellen was niet de vijand. "Ik zal je vriendin vinden. Ik zal mijn partner vinden," beloofde ik.

Ze knikte en de tranen gleden over haar wangen. Ik rende bijna de kamer uit en nam de trap naar de lobby. Mijn voetstappen, samen met die van Tane, weergalmden tegen het beton.

"De directeur heeft nieuws," zei ik, hem bijpratend, hoewel hij me volgde, ongeacht waar het telefoontje over ging. Hij zou me hier doorheen loodsen. Dit was een strijd die ik aan moest gaan. En winnen. Er was geen andere optie.

Toen ik de hoofdingang van het gebouw uitkwam, toeterde een wit voertuig, wat mijn aandacht trok. Het was degene die ons met z'n vijven van de transportkamer naar het gebouw van het programma had gebracht toen we hier aankwamen. Achter het stuur zat een Atlan, en hij zwaaide dat we moesten komen. Ik nam de voorstoel, Otane ging achterin zitten. De Atlan reed weg voor we de deuren gesloten hadden. Ik was blij met zijn haast.

"Ik ben Velik. Ik zal u naar de directeur brengen." Zijn ogen waren gericht op de weg voor ons. Ik lette niet op de helderblauwe lucht of de intense zonneschijn. Mensen reden in voertuigen zonder dak. Dingen die fietsen heetten. Nog vreemder, iets met wielen aan hun voeten. Ze waren gelukkig. Onbezorgd. Hun partner was niet verdwenen.

"Kan dit ding sneller?" vroeg ik.

Onmiddellijk versnelde het voertuig, en de Atlan slingerde door het verkeer van Florida.

Nog geen tien minuten later deed de bewaker bij de poort van het testcentrum haastig de poort omhoog, en de Atlan ging niet langzamer. Pas toen we vlak voor de ingang van het gebouw stonden, trapte hij vol op de rem en kwam het voertuig piepend tot stilstand.

" Heel erg bedankt," zei ik, terwijl ik uit het voertuig klom.

"Ik zal u op alle mogelijke manieren helpen om uw partner te vinden. Goed..." Ik hoorde de rest van zijn woorden niet, omdat ik de deur al open rukte. De hitte van de planeet liet het zweet van mijn voorhoofd druipen.

Daar, in de lobby, wachtte een kleine vrouw in het uniform van het Bruidsprogramma. Ze zag er efficiënt en netjes uit. En niet blij.

" Krijgsheer Bahre. Volg mij."

Ik volgde haar door verschillende gangen, met Tane achter me. Ze liep snel, maar voor mij leek het traag omdat mijn benen twee keer zo lang waren als de hare.

"Ik ben Directeur Egara." Ze bracht ons rechtstreeks naar de transportkamer, en ik stopte, waardoor Tane tegen me aan botste.

"Ik verlaat de Aarde niet zonder mijn partner," zei ik

en mijn beest kwam naar boven. Ik wilde verdomme niet van de planeet verjaagd worden.

Drie andere mensen waren in de kamer, en ze stopten met wat ze aan het doen waren om me verbaasd aan te staren.

"Nee, Krijgsheer," zei de directeur, terwijl ze haar handen ophief om me tegen te houden. "Dat is niet mijn bedoeling van u hier te brengen. Alstublieft, kalmeer uw beest, en ik zal u vertellen wat ik weet."

Tane legde zijn hand op mijn schouder. "Luister," mompelde hij.

Ik knikte en dwong mijn beest terug.

"Ik heb gehoord van de verdwijning van je partner. Ik heb begrepen dat de politie hun zoektocht richt op een mens genaamd Jeff Randall."

"Dat klopt, Directeur," zei Tane voor mij.

Ik probeerde kalm te blijven en ik wist niet zeker hoe mijn stem zou klinken, dus ik gaf een ingehouden grom om in te stemmen.

"Ik geloof dat de zoektocht onjuist is." Ze keek naar een transporttechnicus en knikte. Het scherm aan de muur werd zwart, en toen verschenen er gegevens. "Tot nu toe hebben we vandaag twee vrouwtjes naar hun partners getransporteerd. Eén naar Viken, de ander naar Atlan. Je kan op het scherm zien dat die transporten gepland waren." Ze wees naar het scherm. "We hebben sindsdien niemand meer getransporteerd. Er zijn geen inkomende of uitgaande transporten geweest, naar het Bruidsprogramma of via het militaire verwerkingscentrum van de Coalitievloot."

Ik wist wat ze bedoelde. Mijn beest begreep het.

Verwerkte het. Het was wat ze niet zei dat me verontrustte. "Ga door."

"Om 3u27 vanmiddag was er een ongepland transport in de atmosfeer van de Aarde."

"Ik maak uit uw toon op dat het transport niet hier of in een van de andere transportcentra over de wereld is aangekomen?"

Ze wierp een blik op Tane toen hij de vraag stelde. Ze schudde haar hoofd maar zei: "Negatief."

Er was maar één andere mogelijkheid.

"Een transportbaken," antwoordde ik. Ik voelde me alsof ik net was afgestudeerd aan de Academie en op mijn eerste missie was. Het gevoel van angst. Ongerustheid. Paniek.

"Correct. Ik geloof dat iemand naar de Aarde is getransporteerd met zo'n ding. Het werd nooit toegelaten, maar na de laatste diplomatieke problemen, is het gebruik ervan extra verboden."

"Je hebt me hier niet gebracht omdat je iets gelooft, directeur."

Ze hield haar kin omhoog. "De coördinaten van het transport waren de exacte locatie van het gebouw waar u verbleef. Hij had gezien kunnen worden als een van de Atlans die in je groep zaten. Misschien iemand die zich bij jullie aansloot."

Tane en ik zeiden tegelijkertijd "Nee,".

Ze sloeg haar armen over elkaar en knikte. "Zoals ik al dacht. Het geeft niet aan waar in het gebouw het transport uiteindelijk aankwam, maar ik geloof dat het op de verdieping van je partner was." Ze schraapte haar keel.

"Er is een tweede transport geregistreerd, dat zeven minuten later de Aarde verliet."

Ik keek naar Tane, wiens kaken op elkaar geklemd zaten. Hij dacht hetzelfde als ik. "Iemand kwam naar de Aarde en ontvoerde mijn partner."

Tane's ogen vernauwden zich. Dit was geen bemoeizuchtige mens die we moesten vinden en vernietigen. Dit was geen menselijk probleem. Dit was mijn probleem. Mijn vijand, niet die van Quinn.

Er was een lange lijst van hen. Toen ik voor het IC werkte, was de Hive niet de enige vijand die ik gedood had.

"Ja."

"Is er een dossier van waar het transport vandaan kwam?"

"Transport Station Zenith."

"Zijn ze teruggekeerd naar dezelfde locatie?

"Ja."

Mijn God, Zenith was een verzamelplaats voor alle denkbare criminelen. Rogue 5 groepen hadden een wankele overeenkomst met de Coalitie die iedereen toestond het station te passeren. De enige regel was dat er niet gedood mocht worden op het station. Maar iemand uit een luchtsluis duwen telde technisch gezien niet, omdat het lichaam zich in de ruimte bevond.

Als Quinn daarheen was vervoerd, kon ze zijn meegenomen door Cerberus of een van de andere legioenen, door wapenhandelaars, smokkelaars, ... De lijst was lang, en geen van de mogelijkheden was goed.

Ik trok aan mijn haar, ijsbeerde door de kleine ruimte; toen draaide ik me om en keek de directeur aan.

"Open een communicatieoproep naar de IC. Ik wil rechtstreeks met Helion spreken. Nu."

Ze knikte en wuifde toen met een hand in de richting van een van de technici.

Achter haar verscheen de Prillon-krijger en commandant van de Inlichtingendienst, Dr. Helion, op het scherm.

"Wat kan ik voor u doen, Directeur?" Hij keek niet eens op terwijl hij sprak, in plaats daarvan schudde hij gegevensbestanden op de grote tablet in zijn handen.

"Kom met je reet uit die stoel en help me." Mijn stem was diep, het was mijn beest dat tegen de commandant sprak.

Helion tilde zijn hoofd op om naar zijn communicatie-scherm te kijken. Hij leunde voorover, zijn ogen vernauwden zich terwijl hij scheel keek om mij te zien, veronderstelde ik, op een ander scherm achter Directeur Egara. "Wel, dit is ongewoon." Hij trok een wenkbrauw op alsof hij niet blij was. Ik had hem zelden een andere uitdrukking zien gebruiken.

"Ik heb mijn partner gevonden," vertelde ik hem. "Ze is menselijk. Ze is ontvoerd en naar Transport Station Zenith gebracht."

"Ik begrijp het." Helion legde de tablet opzij en leunde voorover. "Zit Cerberus achter de ontvoering?"

Ik knarste met mijn tanden. "Ik weet het niet, en het kan me verdomme niet schelen. Roep de Jagers op en ontmoet me op Zenith. Je hebt tien minuten of ik breek dat verdomde station af."

Dr. Helion zuchtte. " Goed. Val niet aan voor we er zijn. Begrepen?"

Bekijk het maar. Als hij één minuut te laat was, zou ik niet wachten. "Tien minuten. Vanaf nu."

Ik knikte naar Directeur Egara om de oproep te beëindigen, wat ze onmiddellijk deed. Haar snelle actie deed me denken dat ze mijn omgang met de dokter goedkeurde. Hij was moeilijk te hanteren op een goede dag, en vandaag was geen goede dag.

"Ik ben er klaar voor." Ik stapte op het transportplatform. "Stuur me..."

"Ons," corrigeerde Tane, terwijl hij naast me op het verhoogde platform ging staan. Ik knikte als dank. Hij was een goede vechter, een cyborg. Een krijgsheer. Ik zou hem niet beledigen door zijn aanbod van hulp te weigeren.

"Naar Transport Station Zenith."

Ze knikte en ging naast de transporttechnicus staan. "De transportcodes zijn al ingevoerd voor die locatie. Ik heb het transport voor u vrijgehouden."

Ze was snel, efficiënt en behulpzaam. Godzijdank.

Krijgsheer Velik kwam de kamer binnen en stopte onderaan de treden van het transportplatform. Hij hield een ion trekker omhoog en gooide die naar mij. Een ionenpistool volgde, dat hij naar Tane gooide. "Je zal deze nodig hebben." Ik wist niet zeker waarom ze op de Aarde Coalitiewapens hadden, maar ik was niet van plan het te vragen.

"Hartelijk dank," zei Tane.

Ik controleerde mijn wapen en keek toen naar de transporttechnicus. Ik had dit wapen niet nodig, maar ik zou niet weigeren. Ik was van plan om Quinn's ontvoerder met mijn blote handen in stukken te scheuren. Misschien, als ze eenmaal veilig was, zou ik voor de sport iedereen die erbij betrokken was neerschieten met dit miezerige wapen. "Vervoer nu."

"Tot ziens, Krijgsheren. Veel ge..."

De woorden van de directeur werden onderbroken door het sissen en trekken van het transport. We waren weg van de Aarde, op weg naar Transport Station Zenith. Mijn partner was daar. Ik zou haar vinden, en dan zou ik haar nooit meer laten gaan. Dit was een missie die ik niet zou laten mislukken.

8

*B**ahre, Transportkamer, Transport Station Zenith, Sector 437*

ZODRA WE AANKWAMEN, stormde ik de trap af, om tegengehouden te worden door Dr. Helion en twee Elite Jagers van Everis. Eén herkende ik. Hij was bekend in de IC, één van Helion's meest betrouwbare en bekwame medewerkers. Hij was echter gekoppeld en gaf alleen gehoor aan de oproep als Helion haast had of als er veel op het spel stond.

De andere Elite Jager was nieuw in dienst van Helion. Het kon me niet schelen wie ze waren. Ze stonden in mijn weg.

"Je bent vroeg."

"Je stond erop." Dr. Helion wist dat zijn aanwezigheid me zou beletten elke gesloten deur op het station open te breken om mijn partner te vinden. Ze was hier. Ik rook haar niet, maar de transportgegevens van de directeur klopten.

Ik had vijanden. Heel veel. Ik was niet subtiel geweest bij de ontdekking van mijn partner. Volgens de menselijke politieagenten die me hadden ondervraagd, was het beeldmateriaal van mij knieval voor mijn vrouwtje tijdens haar nieuwsuitzending binnen een paar uur door miljoenen bekeken. Ik moest aannemen dat elk Rogue 5 legioen, criminele groep en zwarte markt handelaars, spionnen op Aarde had. Dr. Helion had dat ook. Mijn acties waren, achteraf gezien, dom geweest. Ik had Quinn McCaffrey van de Aarde een doelwit gemaakt voor iedereen die mij kwaad wilde doen. Ze zouden haar martelen en kwellen om mij te pakken te krijgen. Ik zou heel en ongedeerd blijven terwijl er onbeschrijfelijke gruwelen met haar zouden gebeuren. Mijn partner.

Ik zou het niet overleven als zij niet gered werd.

"Uit mijn weg," snauwde ik.

We waren allemaal de besten in wat we deden. De Elite Jagers waren meedogenloos. Sluw. Snel. Tane was een krijgsheer met dodelijke vechtkunsten en Hive integraties. En dan was ik er nog, geïntegreerd door Helion om gebruikt te worden als zijn gevaarlijkste wapen.

"Wij zijn je vrienden, Bahre. Ik ben Elite Jager Rett. Dit is Elite Jager Quinn." De Everiaanse Jager die ik niet herkende sprak tot mij. "We zijn hier om je te helpen je partner te vinden, maar we hebben onze orders. We hebben een plan...

Het huiveringwekkende gesis van een binnenkomend transport deed ons omdraaien. De leider van het Styx

Legioen en zijn rechterhand verschenen, beoordeelden de kamer en kwamen de trap af.

"Helion," zei Styx. De leider van Rogue 5 zat onder de tatoeages en was zo gemeen als de pest. Zijn rechterhand was geen haar beter. Ik had in het verleden meer dan eens met dit duo te maken gehad.

"Waarom zijn ze hier?" Ik had geen probleem met het Styx Legioen. Voor zover ik wist, leverde Styx zelf informatie aan de Inlichtingen Kern - als het hem uitkwam.

Dr. Helion was in volledige wapenuitrusting, wat me beviel. Hij reageerde echter niet op mijn vraag, maar richtte zich tot de transporttechnicus. "Wis alle transportgegevens van de afgelopen tien minuten. We zijn hier niet. Begrijp je dat?"

De Viken transporttechnicus keek Helion aan met een blik die zei dat het verzoek niet nieuw was. "Het zal je wat kosten."

Helion snoof, liep naar de technicus en liet hem iets zien op zijn datapad. "Is dit voldoende?"

"Ja."

"Als je me verraadt, zullen we je vinden."

De Viken transporttechnicus keek naar de twee Elite Jagers die achter Helion stonden en knikte. "Ik begrijp het. Jullie zijn hier nooit geweest."

"Goed." Helion was tevreden met zichzelf. Hij leek altijd tevreden te zijn met zichzelf. Het was verdomd irritant.

De technicus ging druk aan het werk en knikte toen. "Klaar, meneer."

Helion schonk geen aandacht meer aan de technicus

en richtte zijn blik op mij. "Blijf staan, Krijgsheer," zei hij, terwijl hij mijn kant op kwam.

Helion was niet vriendelijk. Hij was niet aardig. Iedereen die de Prillon had ontmoet, zou zeggen dat hij een enorme klootzak was. Het kon me voorheen niets schelen, want hij was mijn commandant, meer niet. Ik hoefde hem niet aardig te vinden.

Maar nu? Hij was de enige die me weghield van mijn partner.

"Nee."

" Krijgsheer, " waarschuwde hij. "Dwing me niet je te verdoven."

"Ze hebben mijn partner meegenomen."

Helion keek omlaag naar mijn polsen, en zijn wenkbrauwen gingen omhoog. "Werkelijk? Waar zijn je paringshandboeien dan, Krijgsheer?"

Mijn gebrul zou ieder normaal levend wezen de stuipen op het lijf gejaagd hebben. Helion was verre van normaal. "Ik stelde gewoon een vraag, Bahre. Je hoeft niet boos te worden. Er gebeurt haar niets. Nog niet."

Nog niet? Hoe wist hij dat verdomme? "Waar. Is. Zij?"

Hij haalde zijn schouders op, een bekende beweging, maar het had me tot nu toe nog nooit geïrriteerd. "Ik zal het plan niet openlijk bespreken. Dit station krioelt letterlijk van de observatietechnologie. Allemaal je kop houden en mij volgen."

We volgden in stilte. Ik liep direct achter Helion. Tane achter mij. De twee Jagers, Quinn en Rett, werden gevolgd door Styx en zijn rechterhand, die het achterste deel vormden. Met behulp van mijn geavanceerde implantaten, scande ik de muren terwijl we verder liepen.

De dokter had de feiten niet verdoezeld. In de muren krioelden apparaten zo groot als insecten en ze probeerden positie te winnen. Sommigen vielen anderen aan. Geen enkele was van biologische oorsprong. Ze zonden allemaal uit naar iemand. Ergens. Gegevens over alles wat ze zagen en hoorden. Iedereen die passeerde.

"We zijn verdomme te dicht bij Rogue 5," klaagde Tane. "Deze plek is walgelijk. Niet slecht bedoeld." Hij keek over zijn schouder naar Styx.

"Daar ben ik het mee eens. Dit station is een verdomde beerput." Helion's woorden waren iets te opwindend naar mijn smaak. Hij hield van de achtervolging. De jacht. Hij leefde voor het opsporen van het onvindbare. Het neerhalen van de machtigste moordenaars en criminelen. Een huurmoordenaar die op andere huurmoordenaars jaagde. Hij verveelde zich als hij niet op de deur van de dood klopte. Ik volgde hem al jaren. Nu was ik er klaar mee. Klaar met dat leven. Klaar met hem te beschermen. Klaar met moorden. Klaar met vechten. Klaar.

Ik had een mooie, zachte partner. Een partner om te beschermen en voor te zorgen. Ik had een nieuw doel. Als ik Dr. Helion na vandaag nooit meer zou zien, zou ik dat prima vinden.

Quinn, Transport Station Zenith

. . .

De klootzak met de slagtanden die op de Aarde mijn kleedkamer was binnengelopen, ijsbeerde nu door de kleine ruimte alsof hij de gevangene was in plaats van ik.

Ik had er geen idee van hoe lang ik had geslapen of hoe ik in deze vreemde kamer of op dit ongemakkelijke bed terecht was gekomen. Het laatste wat ik me herinnerde was dat ik in de make-up ruimte was en dat hij iets op mijn rok sloeg. Ik moet flauwgevallen zijn tijdens het transport en pas ontwaakt zijn in deze kamer. Ik had mijn kleren aan, maar mijn blouse was gekreukt alsof ik hem de hele dag had gedragen terwijl ik met alligators worstelde. Schone alligators. Mijn hakken lagen op de vreemde, metalen vloer naast me. Ik was moe, hoewel ik duidelijk wel een tijdje bewusteloos was geweest. Mijn hoofd deed pijn alsof ik de allergrootste kater had, en ik had een pijnlijke plek achter mijn oor. Ik raakte het aan en huilde. Omdat ik nog aangekleed was en niet geslagen of erger, was dit een overwinning wat ontvoeringen betreft. Tot nu toe.

Ik likte over mijn droge lippen. "Wie ben jij, en waar ben ik?"

Hij sprong op tot zijn volledige grootte bij mijn vragen en richtte zich op mij met een snauw, hoektanden nu in volledige zichtbaar. Ze waren alles wat ik kon zien. Het was alsof ik oog in oog stond met een slechte vampier uit een film. Die een onschuldig en duidelijk weerloos mens had ontvoerd. Ik wist niet veel over verschillende ruimterassen, maar slagtanden? Welke planeet heeft vampieren?

"Als je me zou bijten met die gigantische hoektanden, of me zou doden, had je dat al lang gedaan. Dus, vertel me alsjeblieft waar ik ben en waarom." Ik hield mijn stem zacht en niet bedreigend, want ik vormde ook helemaal geen bedreiging. Hij was meer dan een meter groter dan ik. Niet zo groot als Bahre, maar nog steeds enorm. Niet menselijk. Een serieuze bedreiging. Hij kon me met zijn blote handen doden. Of met zijn hoektanden. Ik wist niet waar ik was of waarom ik was meegenomen.

Hij hield zijn hoofd schuin toen ik niet van hem of zijn hoektanden wegkeek, alsof hij nadacht over wat hij me moest vertellen. Uiteindelijk haalde hij zijn schouders op, sloot zijn mond en verborg hij die stomme hoektanden. Als hij eng wilde lijken, had hij nog een lange weg te gaan voor hij mij ongerust zou maken.

Goed, ik was bang, maar ik was niet van plan het te laten zien. Hij leek dat te waarderen.

Ik moest blijven hopen. Bahre zou me komen halen. Ik wist dat hij dat zou doen, ik voelde het tot in mijn botten. Deze eikel was duidelijk ook een alien. Dat had hij al gezegd in mijn kleedkamer. Als hij dacht dat hij het op kon nemen tegen mijn krijgsheer, had hij het ziekelijk fout.

Als in zowel z

De alien boog als een heer aan het hof. "Mijn naam is Lukabo. Ik ben een lid van het Siren Legioen van Rogue 5." Zijn woorden klonken vreemd, maar op de een of andere manier begreep ik hem. Hij moet mijn verwarring hebben gezien, want hij tikte tegen de achterkant van zijn oor, precies waar ik pijn had. "Ik heb een NPU geïmplanteerd toen je bewusteloos was. Het vertaalapparaat stelt je in staat om met alle bekende rassen te spreken."

Had ik nu een universele vertaler in mijn hoofd?

Geen wonder dat ik hoofdpijn had. Hij had Engels gesproken in de make-up ruimte, maar nu sprak hij heel iets anders. Wat ze ook spraken op Rogue 5, was ver verwijderd van het vreemde talen aanbod van mijn middelbare school.

Gefascineerd probeerde ik te verwerken wat ik hoorde. "Rogue 5? Dat is een maan, toch?"

Hij knikte een keer. Vastberaden. "Ja. Rogue 5 is de maan die om Hyperion draait. Mijn voorouders hebben zich voortgeplant met de inboorlingen op die planeet." Hij hief zijn hand naar zijn lippen. "Vandaar, de hoektanden."

Dus hij was Hyperion, of in ieder geval half, dus geen vampier.

Fascinerend. Zijn woorden waren een vreemde mengeling van grommen en keelklanken. De nieuwslezer in mij wilde een miljoen vragen stellen, maar ik had op dit moment maar één antwoord nodig. "Dus, zijn we op Rogue 5?"

Hij gaf een snelle glimlach. "Nog niet. We zijn op Transport Station Zenith. Een ruimtestation in de buurt van Rogue 5."

Was ik op een ruimtestation? Zoals een enorm bewegend schip met heel veel mensen? Holy shit. Ik draaide me om, schoof mijn voeten in mijn hoge hakken en stond op, lopend naar wat een raam leek te zijn. Geen geluk. Het was donker en grijs. Leeg. Een soort scherm. Ik draaide me om naar Lukabo, en voelde me beter nu ik mijn hakken aanhad. Stom? Misschien, maar ik was niet van plan om het kleinste beetje moed dat ik kon opbrengen in twijfel te trekken. "Waarom ben ik hier? Ik ken u niet. Jij kent mij niet. Je bent duidelijk niet van plan me kwaad te doen, dus wat is er aan de hand?"

Hij grinnikte, hoewel hij me niet ha-ha grappig leek te vinden. " Jij bent mijn doelwit niet, dat is waar. Krijgsheer Bahre heeft mijn vader en mijn broer vermoord. Ik ben hem al bijna een jaar aan het volgen."

Ik voelde me alsof hij me in de maag had gestompt. Zijn woorden konden niet waar zijn. "Wat?" Vermoord? Als in, in koelen bloede vermoord? Ik schudde mijn hoofd. Mijn haar, dat Ellen vlak voor zijn verschijning had gestyled voor mijn live uitzending, viel nu over mijn schouders. "Geen denken aan."

Als Bahre de familie van deze man iets had aangedaan, dan moesten ze wel iets vreselijks hebben gedaan. Dat moest ik wel geloven. Bahre zag eruit als een beest, vol littekens en getekend door de strijd, maar hij was een goed mens. Of alien. "Wat hebben ze gedaan?"

Lukabo kwam op me af met een echte snauw en een snelheid die me verbaasde. Ik deinsde achteruit en sloeg met mijn hoofd tegen het koude, harde oppervlak achter me. "Ze waren bezig met Siren zaken."

Ik fronste mijn wenkbrauwen. Ik begreep zijn woorden, maar niet wat ze betekenden.

"Wat voor soort zaken? De illegale soort?"

Zijn blik vernauwde alsof het gebruik van het woord illegaal zijn gevoelens had gekwetst. "Het soort dat mijn volk veilig en gevoed houdt." Hij leek zich te beheersen, sloeg zijn armen over elkaar en staarde alleen maar. "Je bent een zeer interessante vrouw. Geen wonder dat er zoveel gepraat wordt over menselijke partners."

Menselijke partners voor een man als hij? Werd daar

reclame voor gemaakt in de Interstellaire bruidenmarketing? "Is dat zo?" Weer nieuwsgierig, sloeg ik mijn armen over elkaar en imiteerde zijn houding. "Wat zeggen ze over menselijke vrouwen?"

"Dat jullie onbevreesd zijn, je kunnen aanpassen, gepassioneerd, loyaal en heel moeilijk te verwerven zijn."

Nou, dat klonk niet zo slecht. Hij had me te gemakkelijk veroverd, maar dat wilde ik niet zeggen. "Dus als ik niet je vijand ben, wat doe ik hier dan?"

"Jij, vrouwtje, bent het aas. Ik zal Krijgsheer Bahre naar dit station lokken. Jij bent zijn partner. Hij zal komen. Dan zal ik hem doden en mijn familie wreken. Daarna zal ik je uitleveren aan Cerberus. Hij heeft een zeer hoge prijs beloofd."

Wie was Cerberus? Wilde hij me kopen?

"Als ik er niet mee instem mee te werken?"

Lukabo gooide zijn hoofd achterover en lachte, het geluid klonk als puur kwaad. Licht glinsterde van zijn hoektanden. Voor de eerste keer sinds ik wakker was geworden op dit ruimtestation, was ik bang. Niet zozeer voor mezelf, ik was gewend aan gekke klootzakken die me bedreigden. Het was vreemd, maar ik was bijna verdoofd. Ik leek gekken aan te trekken, en het feit dat ik er aan gewend begon te raken was behoorlijk triest.

Mijn angst was voor Bahre. Want die gekke alien stalker - en hij gaf net toe dat hij Bahre al een jaar stalkte - had in één ding gelijk. Bahre zou achter me aankomen. Dat was een feit.

We waren in deze kamer omdat we moesten wachten. Lukabo had meer geduld dan ik. Ik verlangde naar Bahre, hunkerde naar hem. Maar hem zien kon zijn dood betekenen. Ik liet me op het bed vallen en staarde een paar minuten naar Lukabo, terwijl ik hem bestudeerde. Hij was enorm in vergelijking met mensen, maar geen Atlan. Zijn hoektanden waren interessant maar zouden hem niet echt helpen in een gevecht. Ik moest erop vertrouwen dat Bahre zou weten wat hij aan het doen was wanneer hij hier kwam. Toch was ik bezorgd. Ik was niet van plan Lukabo te onderschatten.

Als Bahre zou komen, wist ik dat hij niet alleen zou komen. Hij was niet dom. En hij had vrienden. Grote freaking Atlan vrienden die dit stomme ruimtestation uit elkaar zouden scheuren om mij te vinden.

Ik vouwde mijn handen in mijn schoot en haalde diep adem, wat ik bij de yoga had geleerd. Het enige wat ik nu kon doen was wachten tot mijn vriend me uit deze ruimte kwam halen. En deze buitenaardse vampierengriezel in stukken zou scheuren.

9

Bahre, Transport Station Zenith, Privé Appartement

"Wacht eens even, Bahre." Dr. Helion stond, in gedachten verzonken, wat ik hem vaak had zien doen. Het enige wezen in de Inlichtingenkern dat meer vrijwillige implantaten had dan ik, was de goede dokter zelf, dus hij kon een of ander zintuig gebruiken, een integratie waar ik niet eens van wist, als basis voor zijn plan. Hij was nu hier en kon op basis daarvan plannen maken. Het irriteerde me mateloos, maar het maakte hem tot wat hij was. Een klootzak, maar goed in dit werk. Ik had geen idee waartoe hij echt in staat was. Ik wilde het ook niet weten.

"Ik ga mijn partner zoeken, en ik ben er klaar mee," zei ik. Ik brak de hiërarchie niet. Dat had ik nooit gedaan. Niet tot nu. Ik volgde altijd bevelen op. Dag na dag was ik één van Helion's wapens. Nu niet meer.

"We zullen je status bespreken nadat we je vrouwtje hebben teruggehaald," antwoordde hij.

Ik schudde mijn hoofd. "Nee. Ik ben er klaar mee. Ik neem haar mee naar Atlan waar ik haar op de juiste manier kan beschermen. Geen missies meer."

"Je bent nog niet ontslagen van actieve dienst, Krijgsheer. Je bent naar de Aarde gestuurd om je een tijdje gedeisd te houden, niet om je relatie uit te zenden op elke planeet in het heelal.

Een tijdje gedeisd houden? Zo noemde hij het Vrijgezellenbeest programma en de intentie om Atlan beesten te gebruiken om meer menselijke vrijwilligers te vinden voor het Interstellaire Bruidsrogramma?

Het gebrul dat mijn beest op de dokter losliet deed de Jagers achteruit stappen, met hun handen op hun wapens. Dr. Helion deinsde niet terug. "Ze is ongedeerd. We hebben tijd. Ik heb haar coördinaten."

Tijd? Elke seconde dat mijn partner in handen van mijn vijanden was, dreigde ik de controle te verliezen. Mijn schouders klapten naar achteren. Ik was bereid het schip te slopen om haar te vinden, maar hij dwong me zijn orders op te volgen door dit te delen. Het werkte. "Vertel het me."

Hij hield zijn hand omhoog. "Nee. Eerst zal je naar me luisteren."

"Vertel het me!" Ik greep de Prillon dokter bij de nek en tilde hem op van de vloer. Mijn beest en ik waren het eens. Deze verdomde klootzak had ons geduld meer dan overschreden.

Helion schopte niet eens met zijn voeten. Spartelde

niet tegen. Keek me alleen maar in de ogen. "Kalmeer, Bahre."

"Ik ben kalm. Jij, van alle mensen hier, weet dat." Ik sprak de waarheid. Mijn beest was mijn beest. Ik verloor nooit de controle. Dat feit maakte mij gevaarlijk, zelfs gevaarlijker dan de andere krijgsheren. Hun beesten, wanneer ze opgejaagd werden, konden de controle verliezen. Als ik het hoofd van een vijand eraf rukte, was dat omdat ik het wilde.

"We weten allebei dat je me niet gaat doden," antwoordde hij. "Je stelt het alleen maar uit om je partner te redden. Zet me neer."

Fuck.

Ik zette de Prillon dokter op zijn voeten neer, en de Jagers ontspanden zichtbaar. Tane, echter, vocht met zijn eigen beest door mijn uiting van agressie. Ik keek hem in de ogen en knikte dat ik kalm was. Het had geen zin om Tane aan te zetten tot razernij als Dr. Helion gelijk had. Ik zou hem niet doden. Tenminste, nog niet. "Als u me niet vertelt waar mijn partner is, dokter, zou ik wel eens onredelijk kunnen worden."

Na onze aankomst had Dr. Helion ons naar een klein privé-appartement gebracht waar ik al te vaak was geweest. Hij hield deze plek missie-klaar en vrij van bewakingsapparatuur. We hadden het eerder gebruikt als uitvalsbasis in dit deel van het heelal. Ik had nooit verwacht, hier te komen voor een missie waarbij ik mijn partner zou redden. Nooit.

Toen we binnenkwamen, liepen de twee Hyperion-hybriden om ons heen en namen de dichtstbijzijnde stoel. Instinctief klemde ik mijn hand op het ionengeweer. Ik wist uit ervaring dat het ze alleen maar zou vertragen, maar het zou wel vreselijk pijn doen. Ze kwaad maken. Als ze ook maar één stap in de verkeerde richting zouden zetten, zou ik het ze betaald zetten.

"Styx. Blade. Bedankt dat je mijn oproep hebt beantwoord," zei Helion.

Mijn God, had Helion hen uitgenodigd? Om een gunst gevraagd, of zou hij er een verschuldigd zijn? Wat voor spelletje speelde hij met het leven van mijn partner?

Ik had gehoord van de legendarische leider van het Styx Legioen op Rogue 5 en zijn rechterhand. Ze deelden een menselijke partner, zoals Prillons dat deden. Hoe dat gebeurd was, wist ik niet en het kon me ook niet schelen. Hun vrouw was niet hier. Was niet in gevaar. Wat betekende dat zij in een veel betere positie waren dan ik.

Styx leunde achterover in zijn stoel, zijn armen gekruist alsof hij de koning van het station was. "Helion. Na dit, sta je bij me in het krijt." Zijn stem was diep. Serieus. Dit was geen vriendschappelijk bezoekje.

Helion hield zijn kin omhoog. "Afgesproken."

Ik vroeg het niet. Blijkbaar was Dr. Helion bereid deze twee een gunst te bewijzen. Ze waren niet de enigen. Helion sloot overal in het heelal overeenkomsten. Soms met koningen. Soms met criminelen. Ik had er geen idee van hoe hij dat allemaal bijhield.

"Waar is het vrouwtje?" Vroeg Styx.

Het vrouwtje? Mijn beest gromde zacht. "De naam van mijn partner is Quinn."

De andere man met de hoektanden, Blade, nam ik aan, hield zijn kin net genoeg omhoog om respect te tonen - nauwelijks. " Excuseer me, Krijgsheer. Ook wij zijn gekoppeld aan een menselijk vrouwtje. Ze stond erop dat we je hielpen met deze missie. We staan aan uw kant."

"Anders schopt ze ons uit haar bed." Styx' stem bevatte geen humor.

Achter me lachte Tane, net als één van de Jagers. Ik wierp een blik achter me op de Jager, Quinn, die zijn kin omlaag hield. "Mijn partner, Vice Admiraal Niobe, is deels menselijk." Hij glimlachte. "En mijn naam is ook Quinn."

"Ik weet wie je bent." Snoof ik. "Je hebt een vrouwennaam."

Wijselijk ging hij niet in discussie. Ik draaide me om naar Helion en de twee Hyperion mannen van het Styx Legion. "We verdoen onze tijd. Je zei dat je Quinn's coördinaten had."

Helion negeerde me. "Styx, hebben je spionnen de details van Lukabo's afspraak met Cerberus bevestigd?"

Styx knikte. "Ja. De vrouw" - hij schraapte zijn keel en begon opnieuw - "Quinn is een fortuin waard. We kunnen niet toestaan dat Lukabo haar weghaalt van het station. We zullen Cerberus naar ons toe moeten lokken."

"Waar heb je het in godsnaam over?" Ik maakte aanstalten Helion weer vast te grijpen, ik was klaar met zijn spelletjes. Deze keer moet hij de blik in mijn ogen herkend hebben, want hij stapte achteruit en stak zijn handen voor zich uit.

"Bahre, luister naar me. We kunnen daar niet binnenstormen en Lukabo meenemen. Hij heeft haar meegenomen vanwege zijn haat voor jou, maar er is meer aan de hand hier. Dit is groter dan jij en Quinn. Cerberus heeft geprobeerd om meerdere menselijke vrouwen te ontvoeren. Hij heeft een Trion man vermoord en zijn menselijke Interstellaire bruid ontvoerd en meegenomen naar de planeet Occeron in Sector Zero."

"De Omega Dome?" vroeg ik. De rilling die door mijn lichaam ging was echt. De overblijfselen van de beschaving op de planeet Occeron waren een ramp. Er gebeurde niets goeds op Omega Dome. Ze vochten met elkaar om voedsel, wapens, vrouwen en medicijnen als halfdode dieren die vochten om rottende restjes.

"Ja. Zij was niet het eerste menselijke vrouwtje dat hij probeerde te bemachtigen. Cerberus moet gestopt worden. Als hij Quinn niet krijgt, wacht hij op een ander menselijke vrouwtje. Het moet nu afgelopen zijn."

Styx knikte instemmend. "Toen de voormalige leider van Cerberus werd uitgeschakeld, verwachtten we dat zijn rechterhand, Jillela, het zou overnemen. In plaats daarvan daagde een Xeriman hybride hem uit en won. De nieuwe leider van Cerberus is geobsedeerd door het vinden van een menselijke partner. Zoals Helion zei, hij zal niet stoppen. We zullen hem moeten doden."

Verdomme. Ik wilde niet dat mijn partner in gevaar was, maar Cerberus had een Interstellaire bruid ontvoerd? Het arme vrouwtje was meegenomen naar Omega Dome? Ik kon me Quinn niet voorstellen op zo'n plek. Ze hadden gelijk, Cerberus moet dood.

Het idee om van een menselijke vrouwtje een slavin te maken, was niet iets waarmee we konden instemmen. In de Coalitie deed geen enkele man van waarde onze vrouwtjes kwaad, op welke planeet dan ook. We kwamen misschien allemaal van verschillende planeten en rassen, maar het zat in ons DNA om te beschermen.

Maar Cerberus? De ergste van de ergste die veilig zijn gang kon gaan vanaf Rogue 5. De planeet waar niemand naartoe ging. Zelfs de Inlichtingen Kern bleef meestal uit de buurt.

"Zijn poging om de mens in Omega Dome te kopen mislukte, maar hij heeft zijn inspanningen verdubbeld. Lukabo nam Quinn mee voor Cerberus."

"Lukabo heeft Quinn meegenomen omdat hij wraak op mij wil nemen," zei ik. "Zijn familie handelt in drugs en wapens, niet in slaven."

"Dat is waar. Maar wat is een betere manier om jou pijn te doen en tegelijkertijd een vriend te maken in Cerberus?"

Inderdaad, wat is een betere manier? Hij zou de wraak krijgen die hij wilde en ook credits en een verbond met Cerberus. Ik zou Lukabo's hoofd van zijn schouders rukken voor wat hij mijn partner heeft aangedaan.

"We moeten bij haar zien te komen voordat dit gebeurt," antwoordde ik.

"Daar ben ik het mee eens. Het zal bijna onmogelijk zijn om haar te redden wanneer ze eenmaal op die maanbasis is."

Ik balde mijn handen tot vuisten, probeerde te voorkomen dat mijn beest tevoorschijn zou komen en mijn vrienden uit de weg zou slaan.

" We zullen haar vinden. Nu. Ik zal Lukabo afmaken."

"Ik zal het toestaan, maar we willen ook Cerberus."

"Eerst, bevrijden we Quinn. Ik geef om niets anders dan mijn partner."

"Daarom ben ik hier," zei Helion. "We zullen je partner vinden. Haar redden. Maar we moeten Cerberus laten geloven dat Lukabo leeft, jouw partner heeft en overweegt haar aan Styx en Blade te geven in plaats van aan hem."

"Zolang het maar duidelijk is. Het maakt me niet uit wat je Cerberus laat geloven. Jij gelooft dit; Lukabo zal sterven. Ik zal zijn hoofd van zijn lichaam gescheiden zien."

Helion's kin ging omhoog. "Hij heeft je partner ontvoerd. Hij zal daarvoor sterven. Je mag hem hebben. Maar ik wil Cerberus."

"Doe wat je wilt wanneer Quinn veilig is. Het kan me verdomme niet schelen."

Helion staarde me aan, nadenkend. "Ik zou graag met je partner spreken als ze veilig en gesetteld is."

"Nee."

"Ze heeft misschien enig inzicht in Lukabo's plannen."
"Nee."

"Misschien hebben we haar nodig."

En daar was het, de waarheid. Helion wilde Cerberus zo graag hebben dat hij mijn leven, dat van Quinn en dat van alle mannen in deze kamer zou riskeren om Cerberus dood te zien.

"Dokter, ik zal uw hoofd van uw lichaam verwijderen als u Quinn vraagt een insect onder haar schoen te verpletteren zonder mij te raadplegen. Begrijpt. U. Dat?"

Zijn schouders zakten ineen. "God zij vervloekt, Bahre. Jij zou de redelijke Atlan moeten zijn."

Tane grinnikte. "Hij heeft nu een partner, Dokter. Er is niets belangrijkers voor een Atlan. Niets." Tane ging naast me staan, zijn schouder raakte de mijne. Hij was niet zo dik en niet zo lang, maar hij was een Atlan krijgsheer en we torende boven alle andere mannen in de kamer uit. "Als hij besluit jullie allemaal te doden, zal ik hem daarbij helpen." Tane keek Dr. Helion aan. "Even voor de duidelijkheid."

Helion negeerde het dreigement, zoals gewoonlijk, maar ik wist wel beter. Hij was geen domme Prillon. Hij was een verdomd genie. Wat betekende dat hij doorhad dat ik het bloedserieus meende om Quinn te beschermen. "Als je me binnen de twee minuten niet zegt waar ze is, ruk ik de data-chip uit je hoofd en vind ik haar zelf."

"Ja, ja." Helion liep naar een scherm aan een muur en liet een schema van het station zien. Elke kamer. Elke gang. Elke buis, tunnel, en opslagruimte. "Ze is hier." Hij wees. "Op niveau zes. Ze is alleen met Lukabo." Hij paste de instellingen aan, en twee warmte signalen verschenen in de kamer. Eén groot en ijsberend. De andere klein en stil.

Quinn.

Mijn beest gromde, klaar om te gaan, maar Helion hield zijn hand omhoog. "Wacht, Bahre. Er is nog meer." Hij paste de instellingen op zijn datapad opnieuw aan, en een andere afbeelding verscheen. Dit was een afbeelding van een grote blauwe Xeriman vrouw - met hoektanden. Ze was groter dan de meeste Viken mannetjes. Op de video was te zien hoe ze van een transportplatform stapte aan de andere kant van het station.

"Dit is een Oudere in het Cerberus Legioen, een vrouwelijke Xeriman hybride. Haar naam is Ulza, en ze is ongeveer een uur geleden op het station aangekomen. Ze is de nicht van de huidige leider van Cerberus. Ze is zijn meest betrouwbare bondgenoot en is gestuurd om het menselijke vrouwtje te inspecteren..." Hij wierp een blik op mij. "Quinn. Om Quinn over te nemen van Lukabo en met haar terug te keren naar Rogue 5 voor de paringsceremonie."

"Paringsceremonie? De stem van mijn beest was zo laag dat ik de woorden nauwelijks kon verstaan, en ze kwamen uit mijn eigen mond.

"Ja. Zoals we al zeiden, Cerberus is zeer serieus over het nemen van een menselijk vrouwtje als zijn partner." Helion knikte in de richting van de twee Jagers. "Die twee gaan ervoor zorgen dat Ulza haar ontmoeting met Lukabo mist. Ondertussen, gaan wij-" Helion bedoelde zichzelf, Tane en mij. "gaan wij Lukabo uitschakelen en zorgen dat Quinn veilig is."

Styx stond op en stapte naar voren. " Ondertussen ga ik bekend maken dat ik geïnteresseerd ben in het kopen van het vrouwtje van Lukabo. We zullen ervoor zorgen dat Cerberus zelf naar het station moet komen. Met zijn doel binnen bereik, zal hij de gedachte niet kunnen verdragen dat ik zijn prijs zou kunnen stelen. Wij zijn gekoppeld, maar hij weet dat we het alleen uit wrok zouden doen. Hij zal komen."

Blade's lip krulde van walging. "Hij denkt dat hij onoverwinnelijk is." Zijn snauw werd angstaanjagend, en ik beoordeelde de dreiging van de twee hybride mannen opnieuw. "Hij heeft het mis. Hij is onze vijand, en we zullen hem afmaken."

"Mijn geduld is op, Helion."

De andere Quinn, de Elite Everian Jager, sloeg me op de schouder. "Maak je geen zorgen. Ga jij je partner maar halen. Wij zorgen wel voor Ulza. Leid haar tijdelijk af tot het eerste deel van de missie voltooid is. Helion?"

Dr. Helion knikte. "Jullie kennen allemaal het plan."

Ik zou hem vermoorden, langzaam, als hij me nog één minuut liet wachten.

Hij keek me aan. "We zullen Quinn veilig in bewaring houden en Lukabo zal dood zijn. Cerberus zal denken dat Styx zijn prijs probeert te stelen. Jouw enige taak zal zijn om voor je partner te zorgen en haar uit het zicht te houden totdat Cerberus op het station arriveert en wij hem kunnen doden. Denk je dat je dat aankunt?

Ik en Quinn? Alleen? Uit het zicht?

Verdomme ja. Ik had haar veilig en naakt nodig in mijn bed waar ik wist dat niets haar pijn zou doen. "Ja. Afgesproken."

"Dat dacht ik al. En dan zal ik met haar praten." Verdomme, Helion was een zelfvoldane klootzak.

Hij liep, in de richting van de deur. Eindelijk. Dank de Goden. Ik deed geen moeite om in discussie te gaan met de Prillon. Hij zou niet bij Quinn in de buurt komen tenzij ik het toestond, en ik was niet van plan mijn zachte, mooie vrouwtje aan hem of zijn plannetjes te onderwerpen.

"Laten we gaan," zei hij. Hij liep langs me heen en overhandigde me een sleutel van een van de duurste suites op het station. "Beschouw het als een paringsgeschenk. En blijf uit het zicht."

> Ik stopte de sleutel in mijn zak en zei niets. Het enige waar ik aan kon denken was Lukabo's hoofd van zijn lichaam te rukken... en mijn partner vast te houden.

10

uinn

Lukabo ijsbeerde. En ijsbeerde. En ijsbeerde nog wat meer. Hij controleerde een buitenaards gadget aan zijn pols, elke paar seconden, alsof hij wachtte op een oproep. Of bericht. Hoe deze aliens het ook noemden.

Mijn hoofd deed nu niet zo'n pijn meer, wat fijn was. Mijn ontvoerder had niets meer gezegd sinds ons eerste gesprek, dat - ik controleerde het delicate gouden horloge om mijn pols - bijna drie uur geleden was geweest.

Ik was het zat om te zitten en naar de muur te staren. Of naar hem. Of mijn voeten. Of het rare metalen plafond met de bouten. De kamer was kleiner dan mijn slaapkamer, wat betekende dat Lukabo zich om de drie stappen moest omdraaien.

Als de hele situatie niet zo verdomd eng was geweest,

zouden zijn lange benen die heen en weer bewogen in de kleine ruimte grappig zijn geweest.

Helaas, hoe langer ik hier zat, hoe meer ik me realiseerde hoe vreselijk de situatie was, waarin ik me bevond.

Ten eerste was ik ontvoerd door een buitenaardse crimineel die wraak wilde nemen voor de dood van zijn familieleden. Als een soort maffia baas.

Ten tweede, ik was op een ruimtestation. In de verre ruimte. Verre. Ruimte. Zelfs als ik kon ontsnappen, hoe moest ik dan thuis zien te komen? Het was niet alsof ik een auto kon huren of liften. Hoe zou Bahre me vinden?

Ten derde, ik had honger, dorst, en als ik hier niet snel weg zou komen, zou ik mezelf voor schut zetten, want voor zover ik kon zien, hadden ze geen toiletten op dit station. Tenminste, niet hier.

Lukabo ging met zijn hand door zijn haar. Het was jammer dat hij zo slecht was. Hij zag er niet slecht uit. Te mooi, eigenlijk. Net zoals Jeff Randall. Prachtig van buiten, verrot van binnen.

"Hoe lang blijven we hier?" vroeg ik.

"Wees stil, vrouwtje."

Nee. Dat gaat niet gebeuren. "Ik heb honger. Ik heb dorst. En als je hier geen troep wilt, moet ik de voorzieningen gebruiken."

"Voorzieningen?" Hij draaide zich om naar mij. Fronsend.

"Je weet wel. Lichamelijk afval."

Hij huiverde. "Verdomd primitief. Goden zij vervloekt. Waarom wil Cerberus jou verdomme?"

Verwachtte hij echt dat ik zou antwoorden? Ik wist het niet zeker. En Cerberus? Zoals de legendarische hond met drie koppen? Ik kende mijn Griekse mythe, en geen enkel boek of leraar had het over buitenaardse wezens of de ruimte. Niet. Eén keer.

Lukabo stapte naar voren en pakte mijn kin met ruwe vingers vast, hij dwong me naar hem op te kijken. "Maakt niet uit, toch? Cerberus zal zelf voor jou betaling, genoeg om een nieuw leven te beginnen."

Voordat ik kon beslissen wat ik nu moest doen, maakte het ding dat hij aan zijn pols een pingelend geluid. Hij keek meteen naar beneden, liet me los en vloekte toen.

"Fuck. Hij komt. Ik wist dat hij achter jou aan zou komen."

Mijn hart sloeg dubbel. "Bahre? Is hij hier? Komt hij? Hoe weet jij dat?"

Lukabo lachte en het geluid deed mijn huid kriebelen. "Helion is niet de enige met spionnen."

Wie was Helion in godsnaam?

Lukabo pakte me bij mijn nek en duwde me in de hoek van de kleine kamer achter hem. Ik kon niet over de rug van de bruut heen kijken, maar ik hield mijn adem in toen hij op een knop drukte en een grote, dikke muur als een schild naar voren schoof. Aan de achterkant van de scheidingswand was een heel groot ruimtepistool bevestigd. Zo groot als mijn been van heup tot dij.

"Verdomde Atlan," snauwde hij. "Hij zal dit niet kunnen ontwijken."

"Hé!" Ik probeerde om langs hem heen te komen. "Wat ben je aan het doen?"

Lukabo duwde me terug, en mijn hoofd sloeg tegen de muur. Mijn hoofdpijn, een doffe dreun, kwam brullend weer tot leven toen ik struikelde en mijn houvast verloor. Klootzak.

De alien tilde het ruimtepistool boven op de beweegbare muur en hurkte neer alsof we in een bunker zaten. Hij negeerde mij, wat eigenlijk niet zo moeilijk was. Ik was half zo groot als hem, ongewapend en...

Nee, niet ongewapend. Ik bukte me langzaam en trok de schoen van mijn rechtervoet uit. Ik greep de schoen stevig vast, met de scherpe hiel naar buiten gericht, en hield me stil, precies zoals hij wilde.

De deur naar de kleine kamer ging open.

Lukabo's schouders spanden zich op, en ik dacht dat hij zich klaar maakte om Bahre weg te blazen met het gigantische pistool.

Ik tilde mijn schoen op en zwaaide zo hard als ik kon met het puntige uiteinde van mijn hoge hak.

Bahre brulde toen hij de kamer in stormde. Lukabo schreeuwde, mijn hak in zijn schouder. Het enorme ruimtepistool ging af en schoot een gat in de muur naast de deur, er dwars doorheen. Ik kon de buitenste gang zien door de nieuw gecreëerde opening. Hij had geprobeerd Bahre te vernietigen.

Eikel.

Ik reikte naar mijn linkerschoen toen Lukabo's lichaam over de muur werd getild en door de kamer werd gegooid.

"Scherm haar af." Bahre's stem was duidelijk, maar ik had die toon nog nooit eerder gehoord. Ik stelde geen vragen toen Tane voor me kwam staan, zijn grote borstkas blokkeerde mijn zicht op wat Bahre ook aan het doen was met de griezel die me had ontvoerd.

Ik hoopte dat het smerig was. Dodelijk. Ik was zo moe van mannen die me probeerden te pesten, intimideren, bedreigen. Mij manipuleren. Ik was er klaar mee.

Ik wenste dat ik die eikel met mijn andere schoen had kunnen steken en hem een bijpassend gat aan de andere kant had kunnen geven.

"Ik had voor zijn ballen moeten gaan." Ik mompelde dat tegen mezelf, maar Tane hoorde me en grinnikte.

"Je hebt het goed gedaan, mevrouw. Laat me u uit deze kamer begeleiden." Ik verzette me want ik wilde bij Bahre blijven. Hij moet dit gevoeld hebben, want hij zei: "Je partner zal ons zo dadelijk vergezellen in de gang. Ik zal je niet bij hem weghalen."

Toen hij dat zei, ontspande ik me. Ik kende hem van de Aarde. Hij was een goede kerel. "Oké."

Hij pakte me bij mijn arm, voorzichtig, en leidde me naar de deur. Ik moest langs een streng uitziende Prillon - ik wist alleen dat hij een Prillon was omdat ik over de verschillende buitenaardse rassen had gelezen, hoewel ik daarin niets had gelezen over Hyperion-hybriden - en langs twee andere mannen die op grote mensen leken, maar zich sneller bewogen dan ik kon volgen. Het ene moment stonden ze in de gang; het volgende moment stonden ze tussen mij en de kamer waar ik was geweest.

Wat mijn partner ook aan het doen was, ze wilden echt niet dat ik het zag.

Ik ontdekte dat ik het ook niet wilde zien. Bahre zou afrekenen met die griezel, en dat was goed genoeg voor mij.

De Prillon overhandigde Tane een stokje met een blauw gloeiend licht. Tane hield het voor me. "Een

ReGen stok, die ik voor je neerzet om er zeker van te zijn dat je genezen wordt van eventuele schade."

"Ik ben ongedeerd," zei ik tegen hem.

"Mag ik?" vroeg hij, omdat hij me niet geloofde of voor zichzelf zeker wilde weten dat ik in orde was.

Ik knikte.

Tane zwaaide met langzame precisie met de stok voor me. Een paar minuten later kwam Bahre tevoorschijn.

"Ze is ongedeerd," zei Tane. Hij drukte met zijn duim op de stok, en de gloed hield op. "Er zat een klein wondje achter haar oor, waar er een NPU was ingebracht. De stok heeft de plaats van inbrenging genezen."

Bahre knikte en nam zijn plaats in. Mijn Atlan drukte me tegen zijn borst en ik klampte me vast, terwijl de schok en de kalmte me verlieten nu hij hier was en me vasthield. Nu dat ik veilig was.

"Bahre." Ik ademde hem in. Voelde de warmte van hem, de harde spieren van zijn enorme lichaam.

"Ik zal niet meer van je zijde wijken, partner." Hij tilde me in zijn armen en hield me tegen zijn borst.

"Ik kan lopen."

"Een van je voeten is bloot. Ik wil niet dat een deel van je lichaam, deze smerige gang aanraakt."

"Oké." Ik stemde toe. Ik was geschokt toen ik ontdekte dat ik het meende. Alles. Niet van zijn zijde wijken. Hem toestaan mij te dragen alsof ik een jonkvrouw in nood was. Mijn beest was achter me aan gekomen en had het angstaanjagend mooie monster gedood dat van plan was geweest me als een stuk eigendom te verkopen.

Bahre leunde voorover en drukte een kus op mijn hoofd. Ik begon te huilen zodra zijn lippen me aanraakten. Ik wist dat hij achter me aan zou komen. Diep van binnen was zijn redding de hoop waar ik me aan vastklampte, om mezelf bij elkaar te houden. Die buitenaardse vampier griezel was eng. Ondanks het feit dat hij me niet had aangeraakt, behalve om die rare stip op mijn kleren te zetten en me dan in de hoek te duwen. Zijn bedoelingen, zijn koelbloedige minachting voor het leven, dat was wat me doodsbang had gemaakt.

Mijn beest droeg me, en we gingen met een lift omhoog - ik voelde de beweging - en stapten toen uit, volgden nog een gang voordat Bahre me naar een ruimte leidde die alleen beschreven kon worden als een penthouse in de ruimte. Hij zette me voorzichtig op mijn voeten neer, en ik maakte snel gebruik van de voorzieningen, waste het bloed van de buitenaardse vampier van mijn handen, en gooide wat water op mijn gezicht. Ik had een alien neergestoken met mijn hoge hak.

Om de een of andere reden had ik door de absurditeit van de hele situatie zin om op de grond te gaan liggen snikken of in hysterisch lachen uit te barsten. Ik weigerde beide te doen. En Bahre wachtte op me.

Ik verliet de kleine badkamer, en Bahre kwam achter mij binnen. Misschien waste hij het bloed van dezelfde griezel van zijn eigen huid. Ik was een beetje geschokt toen ik ontdekte dat het me niet kon schelen dat Bahre die vreemdeling had gedood. In feite was ik opgelucht. Als iemand Jeff Randall drie jaar geleden had uitgeschakeld, zou ik een ander leven hebben gehad. Maar dan zou ik niet in Florida zijn geweest of Bahre hebben ontmoet.

Ik wilde niet te veel in de psychologie van mijn verleden duiken, dus liep ik naar buiten om verwonderd naar het uitzicht te staren. Er waren ramen, echte ramen - misschien schermen, ik wist het niet zeker - maar er waren sterren buiten. Planeten. Wervelende melkwegstelsels en ruimteschepen die af en aan voeren van wat ik kon zien van het enorme ruimtestation. Ik kon ze allemaal zien, als een soort science fiction film.

I. Was. In. De.Verre. Ruimte.

De eikel die niet bij naam genoemd wil worden had me verteld dat we op een ruimtestation waren. Maar dat je dat te horen kreeg terwijl je in een piepklein kamertje met metalen wanden zat, of buiten het raam sterren en bewegende ruimteschepen kunnen zien, waren twee heel verschillende dingen.

"Waar zijn we?" vroeg ik, terwijl ik om me heen keek toen ik Bahre achter me hoorde bewegen. De muren waren bekleed met zachte stof, en ik nam aan dat het metaal van het ruimteschip eronder zat. Er lag prachtig tapijt onder mijn voeten en een groot, prachtig bed, opgemaakt met beddengoed dat, toen ik me vooroverboog om het aan te raken, zo zacht was als de fijnste zijde. Het andere meubilair, een kleine sofa en stoel en verschillende kleine tafeltjes verspreid over de ruimte, leek van hoge kwaliteit te zijn. Ik had oog voor details, en deze plek stonk naar geld.

"Veilig."

11

 uinn

Bahre's blik ging over me heen toen hij voorover leunde en mijn overgebleven schoen uittrok en die, vergeten, op de grond liet vallen.

"Dit is Transport Station Zenith. We zijn in sector 436 van de Coalitie ruimte. We verblijven hier in een speciale ruimte. We zullen niet gestoord worden."

Ik voelde een rilling van opwinding en angst over mijn ruggengraat lopen. Het was één ding om een alien te ontmoeten en een wilde nacht van ongeremde seks met hem te hebben, het was iets anders om ontvoerd te worden door een soort ruimtemisdadiger en getransporteerd te worden naar de verre uithoeken van het heelal. Mensen gingen niet zomaar naar de ruimte. En kregen luxe hotelkamers op ruimtestations. Rondzwevend in een metalen ding dat bij elkaar gehouden werd met wat? Bouten? Laswerk? Was deze plek gemaakt van staal of een soort buitenaards materiaal? Hoeveel mensen hebben deze lucht ingeademd? Hoe lang al? Decennia? En waren er aliens op dit station? Zoals groene en harige en schattige die geen hoektanden hadden ? Wilde ik dat eigenlijk wel weten?

Ik keek naar Bahre. Nee. Op dit moment wilde ik het niet weten. Ik wilde me alleen veilig voelen.

"Dit is echt, toch?" Een krankzinnige vraag na alles wat ik net had meegemaakt.

Hij had zo serieus gekeken, tot nu. Zijn mondhoek ging omhoog, de reactie die ik van hem dacht te krijgen. "Dit is echt."

Hij zette één knie op het bed, reikte naar de rits aan de zijkant van mijn rok en schoof die naar beneden, waarna hij hem langs mijn benen naar beneden schoof. Het kwam bij mijn schoenen terecht.

Zijn vingers bewogen langs de fijne knoopjes van mijn blouse terwijl hij sprak. "Het is mijn schuld dat je bent ontvoerd. Ik heb te enthousiast verkondigd dat je mijn partner was, en mijn vijanden hebben dat opgemerkt." Toen de tere stof scheurde, hield hij op, zijn blik omhoog gericht naar de mijne.

Ik zag angst. Foltering.

Natuurlijk, ik wilde niet meegenomen worden. God, ik zou waarschijnlijk nog lang nachtmerries hebben. Maar ik wist dat mensen, zelfs aliens, gek waren. Jeff Randall was niet goed bij zijn hoofd. Door zijn obsessie bleef hij me volgen. Die ruimte man, hij had een obsessie voor Bahre. Handelde ernaar.

Ik duwde me op mijn knieën zodat we op ooghoogte kwamen. Ik omklemde zijn wangen, voelde de zachte rasp van zijn bakkebaarden tegen mijn handpalmen. "Dit is niet jouw schuld."

"Wel waar," antwoordde hij. "Je zou veilig op de Aarde zijn als ik er niet was geweest."

"Zou je willen dat we elkaar nooit hadden ontmoet? Zou het beter zijn als je je partner niet had gevonden?"

Zijn kaak klemde zich samen en hij gromde. "Nee. Jij bent van mij."

Ik zuchtte en gaf hem een zachte glimlach. "Ik vind het heerlijk dat je zo grommig en bezitterig bent."

"Jij bent van mij. Ik bescherm wat van mij is, maar ik heb jou niet beschermd."

Ik streelde met mijn hand over zijn haar, langs zijn schouder. "Je hebt me gered. Je bent helemaal naar de andere kant van het universum gekomen om me te redden."

"Natuurlijk." Hij klonk beledigd.

"Ik weet dat Lukabo weg is, maar... zullen ze weer achter je aan komen? Iemand van zijn familie? Of vrienden van hem?" Ik was slim genoeg om te weten dat de man die mij had ontvoerd, eigenlijk alleen maar Bahre pijn wilde doen. Ik was bijkomende schade, of winst, wat Lukabo betrof.

Bahre's ogen vernauwden zich, en hij nam mijn hand in de zijne, kuste mijn handpalm. "Niemand zal je weer kwaad doen." Hij sloot zijn ogen alsof hij pijn had. "Hij was de enige overlevende zoon. Ik had hem moeten doden toen ik de rest van zijn familie uitschakelde."

"Waarom deed je dat niet?" De vraag was brutaal,

maar ik wilde het weten.

"Hij was nog niet meerderjarig. Ik hoopte dat hij een nieuw leven zou vinden." Hij keek in mijn ogen, en ik wist dat hij verwachtte dat ik hem zou veroordelen voor het doden van zoveel mensen. "Zijn familie was machtig. Ze verkochten wapens en Quell over de hele buitenste regionen. Ze bezaten de helft van Omega Dome."

Ik had geen idee wat dat allemaal was, maar het kon me niet schelen. "Je gaf hem een kans. Hij maakte zijn eigen keuze."

"Maar hij bracht jou in gevaar."

"En jij kwam naar mij aan." Ik leunde naar voren en kuste mijn beest op de lippen. Mijn grote, monsterlijke, zachtmoedige beest dat een kind de kans had gegeven om een beter leven te kiezen.

Zachtjes liet hij mijn handen zakken naar mijn zij en schoof toen mijn blouse van mijn schouders. "Ik zal ervoor zorgen dat je nooit meer in gevaar verkeert."

"Ik ben niet gewond," ademde ik. De manier waarop Bahre naar me keek, zijn blik vervuld van eerbied, raakte mijn hart. Gisteravond had hij zich ingehouden omdat hij een heer was geweest, of hoe een alien heer ook genoemd werd. Pas toen ik toestemde en hem overhaalde tot meer, liet hij zich gaan. Hij werd wild.

Nu keek hij me weer aan, voorzichtig.

"Ik ben niet gewond," zei ik weer tegen hem.

Hij keek me niet in de ogen, staarde alleen naar mijn lichaam. Hij gromde weer. "Partner, wat is dit?"

Zijn grote vinger streek langs de rand van mijn kanten beha. Hij streelde heen en weer, en ik kromde mijn rug voor meer van zijn aanraking.

"Mijn... mijn beha en slipje," fluisterde ik. Ik had ze aangetrokken met de bedoeling Bahre te verleiden, maar ik was degene die helemaal heet en opgewonden was. Als hij die vinger langs mijn slipje zou laten glijden in plaats van langs mijn beha, zou hij ze drijfnat aantreffen.

"Zoiets heb ik nog nooit gezien." Hij stak zijn vinger achter een van de dunne bh-bandjes en schoof het van mijn schouder. Het bungelde langs mijn arm naar beneden, de rechter cup viel weg van mijn borst.

Bahre gromde.

"Vind je ze mooi?"

Zijn hoofd schoot omhoog zodat hij me aankeek. Hij doorboorde me met zijn blik. " Mooi vinden? Partner, ik kan mezelf nauwelijks inhouden."

Ik fronste mijn wenkbrauwen. "Waarom zou je dat willen doen?"

"Na wat er net gebeurd is-"

"Na wat er net gebeurd is, moet ik weten of je van mij bent. Ik voel me het veiligst als ik de harde druk van je lichaam kan voelen."

"Ik zal je altijd beschermen. Zolang je bij me bent, zal er je nooit iets overkomen." Hij keek weg. "Je werd ontvoerd omdat ik niet aan je zijde bleef. Dat kunnen we verhelpen door altijd samen te zijn."

Ik moest lachen om zijn intentie. Maar hij was serieus.

"Als je mijn handboeien om je polsen hebt, zal van elkaar gescheiden worden, onmogelijk zijn."

Hij werd boos, boos op zichzelf voor wat er gebeurd was. Ik moest hem nog een keer afleiden. Hoewel ik zeker niet de agressor was als het op seks aankwam, leek Bahre te hunkeren naar bevestiging, mijn bevestiging dat ik zijn aanraking net zo graag wilde als hij waarschijnlijk nodig had om die aan te bieden.

Ik schoof het andere bh-bandje van mijn schouder. Mijn borsten waren nu bloot, alleen de band rond mijn torso hield de beha om me heen.

"Vind je hem beter aan of uit?" Ik klonk verlegen, en mijn vraag zou waarschijnlijk lachwekkend zijn geweest, maar Bahre was geen mens.

Zijn antwoord kwam niet in woorden maar in daden. Hij tilde me op en liet me op mijn rug vallen. Zijn knieën duwden de mijne uit elkaar, en hij plaatste zich tussen mijn enkels, zodat hij, toen hij voorover leunde, mijn tepel in zijn mond kon nemen.

Ik kromde mijn rug opnieuw, mijn vingers verstrengelden zich in zijn haar. Ik riep zijn naam. Hij gromde. Zoog. Likte.

"Ja!" riep ik toen hij naar de andere ging. Pas toen ik bijna kronkelend onder hem lag, hief hij zijn hoofd op en kuste me.

Zijn geur, het gevoel van hem, zijn smaak vestigde zich rond mij. Dit was waar ik naar verlangde. Nodig had.

Ik was begeerd. Gewild. Beschermd. Ik had me nog nooit zo veilig gevoeld. Meer compleet.

Dit was een kus. Lippen en tong, tanden en... perfectie.

"Bahre," ademde ik tegen zijn lippen.

"Ik zal elke centimeter van je lichaam met mijn handen en mond verkennen om er zeker van te zijn dat je ongedeerd bent."

Oh God.

Ik kronkelde onder hem, en kwam bijna klaar van het spelen met mijn tepels en het kussen alleen. Misschien waren het de gekke gebeurtenissen die ons hier hadden gebracht, het feit dat alleen Bahre me had kunnen redden. Dat hij degene was, waar ik naar hunkerde. Degene die ik nodig had.

"Kun je... kun je hier beginnen?" Ik gleed met mijn hand over mijn buik naar beneden en tussen mijn gespreide benen.

Hij leunde achterover op zijn hielen en keek me aan. Ik kon me alleen maar voorstellen hoe ik eruitzag. Mijn borsten bloot, mijn vingers in mijn natte slipje, mijn benen wijd opengespreid.

De zijde had geen schijn van kans. Een ruk en het sierlijke materiaal scheurde in stukken in Bahre's hand. Hij ontmoette mijn blik, wierp toen een blik op mijn poesje voordat hij zich op de grond en op zijn knieën liet vallen. Nadat hij mijn enkels had vastgepakt, trok hij me naar beneden zodat mijn billen op de rand lagen. Hij legde mijn knieën over zijn schouders, en zijn mond en tong waren precies... waar... ik... hem... wilde.

"Hier?" vroeg hij voor hij mijn middelste likte en mijn clitoris streelde.

"Ja!"

"Wat mijn partner nodig heeft, zal ik geven."

Geef me een orgasme! dacht ik.

Misschien zei ik het hardop, want hij begon aan zijn taak. Net als de avond ervoor, was hij gulzig, grondig, en toen hij een vinger in me stak, meedogenloos getalenteerd. Hij bouwde me zo snel op dat ik met stomheid geslagen was. Ik kwam klaar in een harde zucht terwijl mijn vingers aan zijn haar trokken.

Toen hij zijn hoofd optilde, was ik een bezweet hoopje, naakt, op mijn beha rond mijn middel na. Ik maakte de voorste sluiting los om hem uit te krijgen.

Bahre gromde terwijl hij toekeek. Ik moest aannemen dat dit de eerste beha van de Aarde was die hij tegenkwam. Ik was niet van plan te vragen of hij ooit eerder met een andere menselijke vrouw was geweest. Het kon me niet schelen. Hij was nu van mij.

"Zoals ik al zei, ik zal niet meer ver van je weg zijn. Draag mijn handboeien. Ik wil je opeisen als de mijne. Ik... ik zal het niet kunnen verdragen als mijn paringshandboeien niet om onze polsen zitten om het aan iedereen te tonen, om te weten dat je aan mij toebehoort."

Ik vond het niet leuk klinken, aan hem toebehoren. Dat was hoe Jeff Randall over mij dacht. Als zijn eigendom. Zijn bezit. Maar toen ging Bahre verder.

"Omdat ik al aan jou toebehoor. Dat was al zo sinds het eerste moment dat ik je zag. Toen je aan het uitzenden was, voor de groene muur en ik aan je voeten knielde. Ik ben van jou, Quinn, als je me wilt aanvaarden. En misschien zal je me ooit uitleggen wat je aan het doen was."

Ik kon het niet helpen om te glimlachen, wetende dat mijn baan hem vreemd moet hebben geleken.

"Ik was vereerd toen ik voor je knielde voor iedereen op de Aarde, al jouw mensen. Ik was trots om mezelf aan je aan te bieden, partner. Blij met de gedachte dat ik je had gevonden. Toen ik hoorde dat de boodschap van mijn belofte op alle planeten van de Coalitie te zien was,

was ik opnieuw vereerd, trots dat zo'n waardige vrouw mij zou eren door mijn opeising te aanvaarden voor de hele Interplanetaire Coalitie. Iedereen die ons hier op Zenith ziet, zal weten dat ik van jou ben. Je bezit me, Quinn. Ik ben van jou, en ik ben vereerd om voor je te zorgen, je te beschermen, en van je te houden. Zijn serieuze blik werd speels. Begeerlijk. "Ik voel me vereerd om jouw smaak op mijn tong te hebben.

Toen hij het zo zei...

Omklemde ik zijn wangen. Hij was wie ik wilde. Hij had me gered van een lot dat ik me niet eens kon voorstellen, op een vreemde plek waar ik nauwelijks iets van wist. Met een alien die me als zijn slaaf zou hebben gehouden. Hij had me gered, maar ik was nu vrij. Ik kon naar een van die transport dingen gaan en eisen dat ze me naar huis zouden sturen.

Maar ik had geen zin om de alien achter te laten die aan mijn voeten knielde. Deze gevoelens die ik had voor Bahre waren niet uit dankbaarheid. Ze bestonden uit liefde.

Ik was bijna net zo snel voor hem gevallen als hij voor mij.

"Ik wist niet eens dat je bestond. Was het gisteren?" Er was zoveel gebeurd. We waren in de ruimte. "Ik wist dat je achter me aan zou komen. Dat was wat me kalm hield. Het hield me gezond. Ik wist het."

Zijn kaak klemde zich onder mijn handpalm.

"Ik weet niet veel over het opeisen, maar ik weet dat ik jou wil. Ik wil de jouwe zijn. En nog belangrijker, ik wil dat jij van mij bent. Maar...

"Wat is er?"

"Ik hou niet van de ruimte. Serieus, het is klote hier. Kunnen we op de Aarde leven?"

Hij glimlachte toen, schitterend. Ik wist niet zeker of ik ooit zoiets gezien had. Deze krijgsheer vol littekens, die zoveel had gezien, was gelukkig. Ik had daarvoor gezorgd, en dat zou de rest van z'n leven zo blijven. "Jij bent mijn thuis, Quinn. Het maakt me niet uit waar we wonen, zolang ik maar aan je zijde sta. Ik weet zeker dat Directeur Egara een rol voor me zal vinden in het Bruidsprogramma Centrum."

"Oké, dan. Ja. Ik accepteer je paringshandboeien."

Terwijl ik naakt was, was hij volledig aangekleed. Leunend met zijn gewicht op één hand, reikte hij naar achteren en maakte iets los van zijn riem. Hij duwde zich terug en knielde boven me en hield twee paar metalen handboeien omhoog.

De Altan paringshandboeien. Hij had ze meegebracht. Nee, hij had ze altijd bij zich gehad. Hij was op bevel naar de Aarde gegaan, maar de handboeien lieten zien dat hij hoopte dat er een partner voor hem zou zijn.

Ik keek toe hoe hij ze losmaakte en de kleine naast mijn heup op het bed legde. Hij maakte een van de grote handboeien vast om zijn ene pols, en daarna de andere. Toen hij klaar was, hield hij zijn gebogen armen tussen ons in, zodat we allebei de handboeien konden bewonderen. Nee, hij liet me niet het prachtige krulwerk zien. Hij liet me zien dat ze bij hem hoorden. Dat hij mij toebehoorde.

Vurige trots laaide op in mijn borst. Ik wist niet zeker hoe de meeste Altan koppels dit deden, of ik wel naakt hoorde te zijn tijdens zo'n ritueel, maar dat kon me niet schelen. Ik vroeg het niet. Ik zou me dit moment voor altijd herinneren.

Met zijn ogen op mij gericht, pakte hij een van de handboeien die voor zijn partner bedoeld waren.

Voor mij.

Ik hief mijn arm op, stak hem uit zodat hij de ene handboei om mijn rechterpols kon doen. De handboei ging open als een gewone armband, maar toen hij de twee uiteinden dichtdeed, plakte het op de een of andere manier dicht. Het versmalde zodat het me perfect paste. Het metaal was eerst koud, maar werd snel warm door mijn huid. Ik dacht dat de brede band zwaar zou zijn, maar hij was zo licht als lucht. Toen de tweede om was, bekeek ik ze allebei. Ze voelden aan als Wonder Woman armbanden. Ik betwijfelde of ze kogels konden afweren, maar ik voelde me... onoverwinnelijk. Met Bahre aan mijn zijde, zou ik dat zijn. Altijd.

Ik wierp een blik van de handboeien naar Bahre. De blik op zijn gezicht was verbaasd. Vreugde. Trots. Liefde. Ik zag alles. Alles wat ik wilde, maar nooit wist dat ik het nodig had.

Hij klom van het bed en ik fronste mijn wenkbrauwen, ik vroeg me af waarom hij me verliet, maar hij begon zijn kleren uit te trekken. Zijn blik bleef op mij gericht terwijl hij zich uitkleedde. Hij zei geen woord. Toen hij klaar was, stond hij naakt voor me, op de glimmende boeien om zijn polsen en een keiharde, enorme pik na, die helemaal voor mij was.

Hij kroop weer tussen mijn dijen - ik had ze nog niet terug bij elkaar gebracht - en legde zijn ene hand op het bed naast mijn hoofd, en daarna de andere. Zijn enorme gestalte doemde boven me op, zijn woeste gezicht recht voor me.

Ik had zin om naar hem te grommen, zoals een beest. Ik wilde hem in me. Nu.

Hij was helemaal van mij.

BAHRE

"Voor altijd, partner," zei ik, en gleed toen in mijn partner met één diepe, harde stoot. Fuck, dit was het. Dit was alles. Ze was veilig. Onder mij. De mijne. Ik voelde de handboeien om mijn polsen, en mijn penis zwol diep op in haar natte poesje.

Ik had ervoor gezorgd dat ze zacht en gewillig was, druipend nat en klaar voor de stevige lengte van mijn penis toen ik haar voor de eerste keer opeiste met mijn paringshandboeien om onze polsen.

Er was geen weg terug, geen mogelijkheid dat ik haar zou verliezen. De paringshandboeien werden erkend door elke legale instantie, elke wet op elke planeet in de Coalitie. Als iemand haar aanraakte, haar pijn deed, haar van me af wilde pakken, kon ik de dreiging aanvechten en elimineren.

En dat zou ik ook doen. Zelfs op deAarde, wetten of geen wetten. Quinn was nu van mij, van mij om lief te hebben, te neuken en te beschermen.

Mijn penis pulseerde, diep begraven in haar hete kern. Ik wilde niet bewegen. Wilde dit moment niet verlaten. Ze voelde zo verdomd goed. Haar poesje was mijn thuis. Mijn hemel. Ik wilde nooit meer weg.

De glinstering van de handboeien om haar polsen deden me grommen en herinnerde me eraan dat we nog niet klaar waren.

"Leg je benen om mijn middel."

Dat deed ze onmiddellijk, maar ze kon haar enkels niet kruisen. Ik was te groot. Ik liet een hand achter haar rug glijden, omklemde haar billen, en nam haar met me mee terwijl ik van het bed klom.

Quinn lachte toen ik door de kamer liep en haar tegen de dichtstbijzijnde muur drukte.

"Wat ben je..."

Ik trok me terug en stootte diep.

"Bahre," ademde ze terwijl ik haar begon te neuken. Het was makkelijk om haar omhoog te houden. Mijn penis was diep in haar. Ze mocht er niet afkomen tot het opeisen klaar was. Tot mijn zaad haar gevuld had. Met mijn heupen tegen de muur gedrukt, kon ik gemakkelijk haar handen vastspakken en ze boven haar hoofd houden. Ik hield ze daar vast, mijn greep hield haar boeien op hun plaats.

"Ik heb je opgeëist, partner," zei ik, terwijl ik haar groene ogen ontmoette. "Het is mijn beest zijn beurt."

We hadden nooit gesproken over hoe een traditionele Atlan opeising gebeurde. Daar was eerder geen tijd voor geweest, en nu wilde ik er geen tijd aan verspillen om het uit te leggen.

Dat had ze niet nodig. Ze was hier bij me.

Likkend over haar lippen knikte ze, alleen verschoof

ze haar benen zodat haar knieën haar hoger tegen mijn bovenlichaam drukten.

Ja. Fuck, ja. Voor de allereerste keer liet ik mijn beest volledig vrij. Ik had eerder al gedood en liet mijn beest dan over me heersen zodat ik een moordmachine was. Ik had Lukabo's hoofd van zijn schouders gerukt alsof hij een Hive Nexus Unit was. Lukabo zou geen gevaar meer zijn voor Quinn of wie dan ook.

Maar nu? Dit? Mijn beest was vrij. Nemen. Geven. Neukend.

Ik voelde mijn botten verschuiven en mijn spieren zich uitrekken. Ik wist dat ik de volledige grootte van mijn beest had bereikt. Mijn penis zwol op en groeide, diep in Quinn.

Ik begroef mijn gezicht in haar slanke nek, hield haar vast en nam haar. Ik stootte diep en maakte haar zowel de mijne als die van mijn beest.

Ze bewoog met haar heupen, hoewel ze niet veel kon bewegen met mijn penis die haar vulde en mijn beest dat haar tegen de muur klemde.

Zweet liep over haar huid, en ik likte de zoute vloeistof uit haar nek. Haar ademhaling was razend, kwam in hijgen, in kreunen synchroon met mijn stoten.

Haar borsten schokten. Haar hielen drukten zich in mijn rug.

"Jij. De mijne," gromde ik, niet in staat om een volledige zin te vormen. Dat was niet nodig.

"Ja," schreeuwde ze.

Ze voelde zo goed aan, dat mijn ballen hunkerden om haar te vullen. Mijn penis was doordrenkt van haar opwinding, de sensaties die haar poesje teweegbracht, het strakke knijpen, het glijden, dreven me snel naar de rand.

Ze was van mij. Daardoor greep ik haar billen vast met mijn vrije hand, en ik duwde haar heupen tegen me aan, ervoor zorgend dat haar clitoris tegen me aan wreef. Zij zou eerder klaarkomen dan ik. Het was mijn taak om haar bevredigd te zien. Ik zou haar pas opeisen als ze mijn naam schreeuwde. Ik hield me in tot ze dat deed, het zweet droop van mijn voorhoofd, mijn spieren waren gespannen. Mijn heupen stuwden op en in haar.

Binnen enkele seconden voelde ik hoe haar wanden me begonnen te melken. Haar lichaam klemde zich aan me vast. Haar spieren spanden zich aan en haar hoofd viel met een plof tegen de muur. Ze schreeuwde niet, maar een lage, zachte kreun kwam van haar lippen. Van diep in haar lichaam.

Het was het geluid dat mijn beest herkende. Kende. Tevreden stelde. Hij was eindelijk bevredigd. Eindelijk verbonden met onze partner.

Mijn genot barstte los, overweldigde me. Het verblindde me toen mijn zaad diep spoot. Heet. Mijn partner vulde. Haar de mijne maakte. De onze.

We waren één. Mijn beest was eindelijk gekalmeerd. Ik was eindelijk waardig, geaccepteerd, opgeëist.

De vrouw in mijn greep, degene die me in haar lichaam had genomen en, ik geloofde, haar hart, was voor altijd van mij.

Niets... niets zou ons uit elkaar kunnen drijven.

12

Ik eiste mijn vrouwtje weer op. Dompelde haar in bad. Voedde haar. Hield haar vast terwijl ze sliep. Als mijn beest zijn vrijheid opeiste, lachte ze, opende haar armen, en gilde van genot als mijn beest haar tegen de muur duwde en haar keer op keer neukte.

We waren zeer tevreden. Ik had de S-Gen machine in de hoek van de kamer gebruikt om een levendige groene jurk in Athla-stijl voor Quinn aan te vragen. Toen ik haar eenmaal had laten zien hoe ze haar lichaamsverhoudingen kon scannen en de knoppen kon gebruiken, had ze snel door hoe ze van alles en nog wat kon bestellen. Spullen voor haar haar. Vreemde borstels en andere lotions en kleurstoffen voor op haar gezicht. Ze had een paar groene schoenen gemaakt, met sexy hoge hakken, die bij haar jurk pasten. Ik zou nooit meer naar die scherpe punten kijken behalve als wapens. Felle trots gierde door me heen toen ik me herinnerde hoe ze Lukabo ermee had aangevallen.

Gekleed en versierd, zag ze eruit als een mooie, etherische godin. Mijn godin. De paringshandboeien om haar polsen gaven me een enorme voldoening. Ik was nog nooit zo tevreden geweest. Niet toen ik Hive buitenposten vernietigde of hele criminele groeperingen uitschakelde. Ik had eens een shuttle uit elkaar gerukt met mijn blote handen om het tuig binnenin te bereiken. Dat was extreem bevredigend geweest.

Maar dit? Quinn? Dit was mijn hart en ziel en mijn leven was niet langer leeg. Ze had een leegte in me opgevuld waarvan ik me niet bewust was geweest tot ze in de ruimte stapte.

Als haar ooit iets zou overkomen, zou ik mens en dier verwoesten en haar in het volgende leven volgen. Ik wist hoe dicht ik bij haar verlies was geweest, hoe de tijd aan mijn kant had gestaan om haar van Cerberus weg te houden. Ik had veel te danken aan Directeur Egara. Ik had niet eens aan mijn verleden gedacht en de lijst met vijanden die lang was geworden, toen Quinn was verdwenen. Ik was een idioot geweest, en ik zou die zwakte op de een of andere manier overwinnen.

Er was geen leven voor mij zonder haar. Niet meer.

Mijn beest was het met me eens. We hadden lang genoeg gevochten en alleen geleefd. Te gehard geworden en op de verkeerde dingen gefocust.

"Waar staar je naar? Je wordt verondersteld te eten." Quinn zat op mijn schoot. Ik zat op de bank met haar lichaam tegen het mijne aan. Ze hield een vreemd gevormde ovale vrucht tegen mijn lippen.

"Wat is dit?"

"Het heet een druif," antwoordde ze. "Ze zijn lekker."

"Jij smaakt beter." Ik leunde voorover en kuste haar, mijn penis werd weer hard toen ze haar handen om mijn nek legde, met druiven en al, en me terug kuste alsof ik haar lucht was.

Ze was van mij.

"Bahre. Serieus?" Hijgde ze, terwijl ze kronkelde mijn dikke lengte voelde. "Het is pas een uur geleden. Ik heb me net aangekleed. Je hebt deze mooie jurk voor me gemaakt."

"Je ziet er prachtig uit, partner. Maar ik vind je naakt het mooist." Ik streelde met een vinger over haar zachte wang. "Hoe kun je het me kwalijk nemen dat ik je weer wil?"

Mijn woorden bevielen haar. Dat wist ik door de zachtroze blos op haar wangen. "Gedraag je. Voor vijf minuten."

Ik glimlachte, maar mijn beest genoot ervan om te kunnen spelen. Hij nam het over, ik werd groot en mijn spieren groeiden terwijl Quinn's ogen zich verwijdden. Haar geur was anders nu. Net zo zoet als de eerste vleug die ik van haar had gevolgd naar haar nieuwsprogramma. Ze was opgewonden, maar de geur van onze opeising versterkte haar geur alleen maar. Mijn beest herkende het. Snakte ernaar. "Bahre. Ik zei, gedraag je."

" De mijne." De diepe stem die haar antwoordde, was van mijn beest.

"Je bent zo ondeugend." Ze berispte me, maar legde

de druiven opzij. Ze draaide zich om en ging tegenover me zitten, met haar knieën op mijn heupen. "Oké, maar deze keer houd ik mijn schoenen aan."

"Fuck." Mijn beest stemde in, het idee van haar volledig naakt te hebben, op die delicate wapens na, ontlokte een diepe grom. Ze bracht haar lippen naar de mijne en eiste me op als de hare. Dit was hemels, puur en simpel.

Totdat er een luid gebonk van de deur kwam.

Quinn bevroor en ik voelde haar in mijn armen verkrampen. Het zou tijd kosten om haar van haar angst af te helpen. Om haar te laten weten dat wanneer ze bij mij was, in mijn armen, haar niets zou overkomen.

"Jij. Veilig." Mijn beest stelde haar meteen gerust, en ze kuste me zachtjes op de lippen voor ze zich van mijn schoot verwijderde. Ze nam plaats op de stoel tegenover me, wat ik helemaal niet leuk vond. Gelukkig moest ik de jurk nog van haar lijf scheuren. Niemand zou haar naakt zien, behalve ik.

Ik klemde mijn kaken op elkaar en keek naar de gesloten deur. Ik zou hem openen, uitzoeken wie zo dom was om ons te storen, en onze veel aangenamere activiteiten hervatten.

Toen de irritatie toenam, deed ik de joggingbroek uit en trok mijn harnas aan met de snelheid van jaren oefening.

De intercom zoemde toen ik het laatste stuk op zijn plaats zette.

"Bahre. Open die verdomde deur."

Helion. Die verdomde klootzak. Wat deed hij hier? Hij had me de suite aangeboden. Hij had afgesproken dat ik haar veilig zou houden en weg van het plan om Cerberus te grijpen. Ik haalde diep adem en dwong mijn beest terug.

Ik wierp een blik op Quinn. De knokkels van haar handen waren wit tegen de stoel, en ik realiseerde me dat ze echt bang was. "Die stem is van mijn commandant, een Prillon. Dr. Helion. Hij is hoofd van de IC." Ik hield mijn hoofd naar de deur gericht. "Hij zal je geen pijn doen. Hij is een vriend."

Ik gebruikte de term vriend losjes op dit moment, want ik wilde de dokter in elkaar slaan voor het onderbreken van die kus, voor het ontzeggen van het plezier dat zou volgen. Quinn leek echter opgelucht dat ik onze bezoeker kende. Ze stond op en kwam naar me toe. "Nou, ik denk dat je maar beter kunt kijken wat hij wil."

"Inderdaad." Ik deed geen moeite om mijn irritatie voor haar te verbergen. Ze grijnsde naar me alsof de situatie grappig was. Instinctief plaatste ik haar veilig achter me en voerde de beveiligingscodes in die ik in het slot had geprogrammeerd voordat ik ging slapen. De deur schoof open en onthulde niet alleen Helion, maar ook Tane en de Elite Jagers Quinn en Rett. Ik richtte me op Helion. "Waarom ben je hier?"

"Mogen we binnenkomen?" Dr. Helion gebruikte zijn charmantste, officieel-zakelijke, overtuig-iedereen-dat-ieongevaarlijk-was stem. Ongetwijfeld om mijn partner te overtuigen. Ik trapte niet in zijn valse act. Hij was niet met de anderen komen opdagen om geweigerd te worden. De vraag was geen vraag. Het was hooguit een beleefdheid.

"Nee."

"Bahre!" Quinn protesteerde achter me. Dr. Helion grijnsde toen de delicate hand van mijn partner zich om mijn elleboog sloot en me opzij duwde zodat ze onze bezoekers kon zien. In de jaren dat ik het hoofd van het IC kende, had ik hem nog nooit zien lachen.

Nog nooit. Waarom nu? Waarom voor mijn partner? Ze had mij gevangen, maar had ze ook types als Helion gevangen?

"Natuurlijk mag je binnenkomen," vervolgde ze, terwijl ze onder haar lange rode wimpers naar me opkeek terwijl ik verontwaardigd toekeek. "Dit zijn je vrienden. Ze hebben geholpen om me te redden." Ze wendde zich tot Dr. Helion. "Dank u, trouwens. En ja. Kom binnen. Alstublieft."

Ik was van plan Helion te slaan tot hij huilde. Zijn ballen van zijn lijf rukken en luisteren hoe hij schreeuwde omdat hij ons onderbrak. Godverdomme. Ik kon haar niets weigeren. Erger nog, toen ik in de gang keek, zag ik Tane naar ons tweeën kijken met een verlangen zo sterk dat het pijn deed om te zien.

Hij wilde een partner. Ik wist hoe hij zich voelde. Ik had Braun en Wulf met hun partners bekeken met dezelfde pijn in mijn ziel. Helaas kon ik niets doen om hem te helpen.

"Fuck," snauwde ik bijna. "Doe het snel." Ik stapte achteruit, en de mannen gingen ons privé plekje binnen, de deur achter hen dichtglijdend. Ik voerde de beveiligingscode in die de deur op slot deed, wat Helion opmerkte en waarvoor hij me een licht knikje van goedkeuring gaf. Oude gewoonten zijn moeilijk af te leren. "Ik heb de ruimte al gescand op afluisterapparatuur," vertelde ik hem, wetende wat hij als eerste zou vragen. "We zijn veilig."

Ik zou verdomme nooit mijn partner opeisen in een ruimte die in de gaten werd gehouden. De ruimte vrijmaken van afluisterapparatuur was dag één van de Inlichtingen Kerntraining.

"Uitstekend." Hij zette zich in een stoel. De twee Elite Jagers stonden achter hem als schildwachten. Tane daarentegen, liep naar Quinn, boog laag en bood haar zijn hand.

"Mevrouw. Ik ben Krijgsheer Tane. Het is een eer om u officieel te ontmoeten."

Quinn keek naar me op en wachtte op mijn knikje voordat ze Tane's hand voorzichtig vastpakte. Haar kleine daad van eerbied, naar mij kijken voor bescherming, deed mijn beest veel plezier. Ze leerde op me te steunen, me te vertrouwen. Te accepteren dat ik voor haar zou zorgen.

"Aangenaam kennis te maken," zei ze en ze wierp hem een glimlachje toe. "Dank u, voor gisteren."

"Het is mij een eer u te dienen." Hij stapte achteruit voor ik de kans had me te ergeren aan het feit dat zijn huid die die van mijn partner aanraakte. Slim. Tane liep naar de zithoek en ging op het uiteinde van de bank zitten, waardoor de plek het dichtst bij Helion voor mij open bleef.

Ik begeleidde Quinn om zich tussen mij en Tane te zetten. Opzettelijk plaatste ik mijn lichaam tussen Helion en Quinn. De dokter moest vrij ver naar voor leunen om de kleinste glimp van haar op te vangen. Als hij iets van haar wilde, zou hij eerst langs mij moeten.

Dat had ik hem de dag ervoor al gezegd en ik meende het.

"Wat wil je, Helion? Je zou hier niet moeten zijn. Je zou je missie moeten afmaken en Cerberus gevangen nemen."

Hij gaf een lichte knik. "Daar ben ik het mee eens. Maar we zijn op een klein obstakel gebotst om hem naar het station te lokken."

De naam zorgde ervoor dat Quinn zich naast me begon op te spannen. Voordat ik besefte wat ze van plan was, stond ze op en keek naar de Prillon. Ik stak mijn arm voor haar uit. Een soort schild, maar ik wilde niet dat ze bij Helion in de buurt kwam. Het was omdat ik dacht dat hij haar pijn zou doen, maar ik wilde niet dat ze bij iemand in de buurt kwam. "Lukabo noemde Cerberus. Hij zei dat hij me ging verkopen aan iemand die Cerberus heette en dat hij genoeg betaald zou krijgen om zich op een nieuwe planeet te vestigen. Ik weet niet hoeveel dat is, maar het moet veel zijn."

Mijn beest wilde tevoorschijn komen, maar ik schoof hem zonder pardon terug. Ik had geen vijand voor me om in stukken te scheuren. Maar dat zou ik doen. Mijn God, ik zou het doen.

Quinn negeerde me en keek naar Helion. "Ik herinner me de naam omdat ik Griekse mythologie heb gestudeerd op de middelbare school. Waarom probeer je hem naar het station te lokken?" Haar stem trilde en ik wenste voor het eerst in mijn leven dat ik een Prillon-krijger met een paringshalsband was, zodat ik zou weten wat ze voelde. Terreur? Woede? Pijn? Ik wist niet meer dan enkel angst.

Ik pakte haar hand en streek met mijn duim langs haar huid om haar te kalmeren. Haar schouders ontspanden zich, en ze kneep in mijn vingers. Mijn aanraking kalmeerde haar, en mijn beest werd groot. Ze was van mij. Helemaal van mij. "Je bent veilig, Quinn."

Ze keek naar me met een glimlach die niet helder was. Het was... droevig. "Ik weet het. Ik ben veilig. Nu. Maar wie is Cerberus? Is hij een soort mensenhandelaar?"

Dr. Helion antwoordde. "Bij gelegenheid. Zij - zijn legioen - handelen liever in wapens en drugs."

Ze slikte even en maakte toen haar lippen nat. "Mijn hemel. Het is net als thuis. Jullie zijn niet anders. Mooie ruimteschepen maar jullie hebben nog steeds te maken met drugsbaronnen en wapenhandelaars?"

Ik was niet blij met haar mening over de Coalitie. "Cerberus en de legioenen van Rogue 5 opereren buiten de Coalitie. Hun invloed is klein vergeleken met de macht van de Prillon Prime en de Coalitievloot."

Dr. Helion knikte, met zijn charmantste glimlach. Wat, op het gezicht van een Prillon, helemaal niet geruststellend was. Hij zag eruit alsof hij op het punt stond haar aan te vallen. "Zie Cerberus als - wat is een goede menselijke uitdrukking voor - een vlieg in een bokaal? Een enkele rotte appel?"

Ze rolde met haar ogen bij die termen. "Dus wat wilde hij van me?"

"Het gaat niet om u, mevrouw. Het zijn menselijke vrouwtjes. Ieder van jullie is goed genoeg."

Ik hield niet van het idee dat Quinn vervangbaar was

door ieder ander mens, maar dit was Cerberus. Hij was niet kieskeurig.

"Wat?" Quinn's kaak viel van schrik open. "Waarom?"

Helion wierp me een blik toe. Hij was voorzichtig en bewoog niet te veel. Mijn beest stond op het randje, en noch mijn beest, noch ik vonden de richting die dit gesprek opging prettig.

"Informatie en acties uit het verleden hebben aangetoond dat Cerberus gefascineerd is geraakt door vrouwen van de Aarde. Vergeleken met de andere volkeren is het aantal menselijke bruiden vrij laag. Maar jullie Aardse vrouwtjes hebben een grote invloed gehad op bijna elke planeet waar jullie arriveerden. Jessica is gekoppeld met premieP Nial van Prillon Prime en opende De Kolonie voor bruiden. Gwendolyn werd geïntegreerd door de Hive en is uitstekend geworden in het opsporen en doden van Hive Nexus eenheden. Rachel is gekoppeld aan Maxim, de gouverneur van de machtigste basis op De Kolonie. Chloe is een van mijn beste gevechtspiloten, ze voelt de Hive technologie aan en kan ermee communiceren. Ivy is gekoppeld aan een Forsiaanse hybride van het Astra Legioen van Rogue 5. De leider van het Styx Legioen is ook gekoppeld met een mens. Strijders van de Aarde zijn klein, krachtig en snel. Ze hebben meegewerkt aan talloze ReCon missies, en duizenden Coalitie strijders gered van Hive Integratie Eenheden. Zelfs al zijn ze afkomstig van zo'n primitieve planeet, mensen hebben, als geheel, een behoorlijke reputatie opgebouwd."

Elite Jager Quinn onderbrak me. "Mijn partner, Niobe, is half mens. Ze is vice-admiraal van de Coalitievloot en heeft de leiding over de Coalitieacademie waar alle nieuwe strijders worden opgeleid."

Helion keek naar het gezicht van mijn partner voor haar reactie.

"Dus Cerberus heeft besloten dat hij zelf een menselijke vrouw moet hebben. Het is niet zo dat hij getest en gematcht kan worden. Hij wil er koste wat het kost één. Hij heeft al moorden en ontvoeringen gepleegd om dat te bereiken."

"Waarom ik?" Ze legde haar hand op haar borst.

Ik kon niet langer zwijgen. De interesse van Cerberus in haar was volledig mijn schuld. "Vanwege mij. De video waarin ik mijn intenties aan jou verklaarde, circuleerde niet alleen op de Aarde. De boodschap werd overal op de werelden van de Coalitie gezien. De bruid van een Krijgsheer afnemen, vooral de mijne, zou hem erg machtig doen lijken." Ik zuchtte. "Het spijt me zo. Ik heb je teleurgesteld."

Ze keek op me neer en snoof. "Doe niet zo belachelijk. Het is niet jouw schuld dat een of andere engerd geobsedeerd is door menselijke vrouwen."

Wat?

Quinn sloeg haar armen over elkaar, en ze keek niet langer bang te zijn. Ze zag er... woedend uit. "Dit is niet mijn eerste rodeo met klootzakken." Ik probeerde nog steeds de vertaling van een rodeo te verwerken toen ze verder ging. "Dus ik neem aan dat je een plan hebt om die Cerberus kerel naar dit ruimtestation te lokken zodat je hem kunt uitschakelen. Hem neer halen. Wat dan ook."

"Ja," bevestigde Helion. "Maar hij werkt niet mee. Tot nu toe. Je bent verdwenen, zie je. Ondanks de pogingen van Styx en Blade om hem ervan te overtuigen dat je nog op Zenith bent, zeggen mijn spionnen dat hij de reis niet wil riskeren."

Styx en Blade. Ik was die twee hybriden helemaal vergeten. "Waar zijn ze?"

"Op dit moment zitten ze in de kantine te klagen over de hoge prijs die Lukabo vraagt voor Quinn."

"Maar ik dacht dat Lukabo dood was." Quinn fronste haar wenkbrauwen en keek naar mij voor bevestiging.

Tevredenheid stroomde door me heen toen ik me herinnerde hoe ik zijn hoofd van zijn lichaam had gerukt. "Dat is hij, partner. Ik kon niet toestaan dat hij bleef leven na wat hij jou heeft aangedaan."

Quinn kneep in mijn hand. "Mooi zo. Ik ben blij dat hij dood is." Ze wendde zich tot Helion. "Dus jij dacht dat geruchten over mijn aanwezigheid genoeg zouden zijn om hem hierheen te lokken als hij dacht dat Styx me wilde kopen?"

"Ja."

"Maar het werkt niet, want Lukabo heeft geen direct contact met hem gehad om meer geld te eisen?"

"Ik neem aan van wel," bevestigde Helion. "Cerberus is slim."

Ze haalde haar slanke schouders op. "Ja? Nou, hij kan de pot op." Quinn's felle uitspraak maakte me trots, tot ze verder ging.

"Ik doe mee. Als hij niet komt opdagen omdat hij Lukabo niet kan bereiken, dan komt hij misschien als hij mij ziet, als hij weet dat ik er nog ben. Ik zal zijn wat mensen aas noemen. Wat je maar nodig hebt. Laten we hem pakken."

"Nee!" Mijn beest brulde voor ons beiden, maar mijn partner, mijn dappere, moedige, koppige vrouw deinsde niet eens terug ondanks het volume.

Verdomde Helion, de klootzak, glimlachte alsof hij net een prijs had gekregen.

"Nee," zei ik opnieuw. "Ik verbied het. Je zal jezelf niet in gevaar brengen."

Quinn hield mijn hand vast, maar deinsde niet terug. Ze rechte haar rug en ging nog hoger staan op die verdomde schoenen met hoge hakken waar ze zo van hield. Ze leek op wat ze was, een mooie, felle vrouw. "Voor degenen onder jullie die het niet wisten, ik had een stalker op de Aarde. Hij was al enkele jaren geobsedeerd door mij. Hij kwam ermee weg omdat de wet hem niet kon arresteren. Hij hield me bang en liet me wegspringen van schaduwen. Ik stond toe dat Randall mijn leven tot een hel maakte. Het hield niet op, maar nu ben ik in de ruimte en ik betwijfel of hij me hier volgt. Hij doet waarschijnlijk verder met iemand anders, wat jammer is. Ik ben er zo klaar mee. Afgelopen. Niet meer. Ik ken stalkers. Die Cerberus kerel past helemaal in het profiel. Randall mag dan eng zijn geweest, maar Cerberus klinkt ronduit gevaarlijk. Als hij me niet te pakken krijgt, zal hij dan stoppen?" Ze wierp een blik op Helion, hoewel ze het antwoord al wist. En ik ook.

"Nee."

"Hij zal nooit stoppen," bevestigde Quinn. "Hij zal doorgaan. Hij zal mensen pijn doen. Vermoorden. Allemaal omdat hij denkt dat hij een vrouw moet bezitten die niets met hem te maken wil hebben. Het is verkeerd. Als ik hem kan stoppen, dan doe ik dat. Ik ben het zat om

steeds bang te zijn. Jullie zorgen ervoor dat ik veilig ben."
Ze draaide zich van mij naar Tane, keek toen naar Helion en de twee Jagers. "Jullie zullen me allemaal beschermen. Ik kan deze man er niet mee weg laten komen. Hij zal nooit stoppen totdat we hem afmaken."

Verdomme. Ze had gelijk. Ik wist dat ze gelijk had. En ik haatte het idee om haar als aas te gebruiken, maar mijn vrouwtje had een eigen wil, en dat vond ik zo leuk aan haar. Ze zou doen wat ze moest doen, en ik zou ervoor zorgen dat ze veilig was.

Ik keek naar Helion. "Wat is het plan?"

13

ahre, Laadruim, Sub-Level Vier

IK ROOK HAAR. Mijn partner was hier. Het kalmeerde mijn beest en maakte het tegelijkertijd razend. Hoe durfde iemand haar als pion te gebruiken? Als aas? Ze was onschuldig. Ze was perfect.

We stonden in een grote laadruimte op het lagere niveau van het transportstation. Helions plan was, zoals gewoonlijk, gelaagd en ingewikkeld. Hij was met zoveel plannen bezig dat ik niet meer naar hem luisterde totdat hij mijn deel met Quinn had uitgestippeld.

Het maakte me verdomme niet uit wie het Cerberus Legioen regeerde. Ik gaf niets om politiek, informanten, steekpenningen, wie wie een gunst schuldig was, of iets anders dan mijn partner veilig en gelukkig houden.

Helaas voor mij, betekende gelukkig zijn voor Quinn dat ze wilde helpen Cerberus neer te halen. Ik begreep haar behoefte om haar invloed terug te winnen over de mannen die haar in het verleden hadden gekwetst. Ik was trots op haar dat ze voor zichzelf vocht en dat ze vocht om andere vrouwtjes te beschermen, vrouwtjes van haar planeet die ze niet kende en nooit zou ontmoeten. Maar de bekroning voor het uitschakelen van Cerberus bracht geen gerechtigheid voor de mens, Jeff Randall, op de Aarde. Hij zou nog steeds daarbuiten zijn, en zoals ze had gezegd, waarschijnlijk op zoek gaan naar een andere vrouw. De dood van Cerberus zou haar kracht geven, maar niet volledig.

Ik kon het zien, maar zij niet. Nog niet. Maar ik kon haar niets ontzeggen. Met tegenzin moest ik toegeven dat ze gelijk had. Cerberus zou haar komen halen. Ik kon het succes van een goed plan niet afwijzen, alleen maar omdat ik gekoppeld was met het aas. Ik zou ervoor zorgen dat ze veilig was en bleef.

Quinn was mooi en breekbaar en verdomd onbevreesd. Toen ik zag hoe Elite Hunter Rett haar aan een stoel vastbond, wilde mijn beest hem aan stukken scheuren. Haar polsen waren gebonden, haar enkels vastgezet. Ze was hulpeloos. Ze kon niet eens die meedogenloze hakken van haar schoenen als wapens gebruiken.

Rett was niet eens de vijand waar we achteraan zaten.

"Weet je dit zeker, partner?" vroeg ik opnieuw, terwijl ik over haar uitkeek. En Rett.

Haar groene ogen waren helder met felle vastberadenheid. Als een strijder die ten aanval trekt. "Ja. Ik moet dit doen."

Ik slikte hard, wetende dat ik van haar zijde weg zou moeten lopen. "Goed dan." Ik leunde voorover en kuste de bovenkant van haar hoofd, ademde haar in. "Er zal je niets overkomen. Je hebt mijn woord."

"Ik weet het." Ze glimlachte naar me. "Ik hou van je, mijn beest. Ik wil dat je dat weet."

Fuck. Mijn hart sloeg letterlijk een slag over in mijn borstkas. Nu? Ze koos ervoor om het me nu te vertellen? Hier?

Mijn beest vocht om los te breken, om haar van de stoel te rukken en haar tegen de muur te neuken. Nu verdomme. Ze was van mij.

Ik brulde. Ze bleef glimlachen. In feite, lachte ze misschien nog wel harder.

Iedereen bevroor, wachtend om te zien wat mijn beest zou gaan doen. Het gebeurde niet elke dag dat een partner bij een missie werd betrokken. Het gebeurde niet elke dag dat een partner haar liefde voor jou verklaarde. Tijdens een missie. Voor de eerste keer in mijn leven, wist ik niet zeker of ik mijn beest kon beheersen.

Fuck. Ik wist niet zeker of ik dat wel wilde.

Ze hield van me. Van mij. Beest. Littekens. Ik had Lukabo met mijn blote handen gedood, en hoewel ze er geen getuige van was, wist ze het. Ze was niet bang. In feite geloofde ik dat ze blij was dat ik dat had gedaan. Ze vertrouwde erop dat ik haar zou beschermen, zelfs nu, nadat ik op de Aarde had gefaald.

Ze hield van me. Alles van me.

Ik knielde voor haar neer zodat we op ooghoogte zaten, ook al zat ze. "Quinn. De mijne." De ronkende stem van mijn beest was luid in de galmende kamer. Ik omvatte haar kleine gezicht en keek in die ondoorgrondelijke ogen. De blik in haar ogen schreeuwde liefde uit. Alles voor mij.

"Goden zij vervloekt, vrouwtje. Probeer je de operatie te verpesten?" Dr. Helion nam me bij de arm, rukte me overeind en sleepte me weg van mijn partner. Mijn partner, die genoeg van me hield om haar gevoelens te uiten in een kamer vol met andere mannen. Everiaanse Jagers. Prillons. Krijgsheren. Moordenaars.

Ik ging met hem mee in plaats van zijn hoofd eraf te rukken, genoeg in controle om te beseffen dat Helion gelijk had. Als ik toestond dat mijn beest het overnam, haar en de stoel waaraan ze vastgebonden zat over mijn schouder gooide, en haar mee terugnam naar onze suite, zou de operatie verpest zijn. Cerberus zou ontsnappen. Uiteindelijk zou dat mijn vrouwtje ongelukkig maken.

Onaanvaardbaar. Ik zou ook teleurgesteld zijn. Ik was een krijger en vocht voor vrede. Dit kon ik naast mijn partner doen.

Toch grijnsde ze alsof ze buitengewoon tevreden was met zichzelf. Ik wist niet zeker waarom.

Achter me grinnikte Elite Jager Quinn. "Je hebt je handen vol, Krijgsheer. Mijn partner is een mens. Ik ken die blik."

"Inderdaad." Quinn was onvoorspelbaar. En van mij. Zo erg, erg van mij.

"Het horen van die woorden... fuck. Het is het liefste geluid," ging hij verder. "Naast haar kreten van genot."

Ik gromde een antwoord, terwijl ik probeerde mijn beest terug te drijven. Denken aan hoe Quinn klonk toen ik haar neukte tot haar hoogtepunt, hielp niet.

"Concentreer je, Krijgsheer. Gebruik de behoefte aan

je partner om deze missie te voltooien," adviseerde Helion.

Helion had mij wijselijk de taak gegeven om mijn partner te bewaken, bij haar te komen en haar veiligheid te garanderen, terwijl de anderen voor al het andere zorgden. Een klein onderdeel van een grote operatie. Voor mij, de belangrijkste taak van allemaal.

De gang was vrijgemaakt. De andere deuren naar alle vrachtruimtes op dit niveau waren vergrendeld, zodat niemand onze missie in de weg zou staan. Of schreeuwen, of iets doen om onze aanwezigheid te verraden voor het tijd was. Slechts één deur bleef open. Er was maar één manier om in deze kamer te komen. En maar één uitweg.

Cerberus zou arriveren. Hij zou niet weggaan.

Ik richtte me op Helion terwijl hij de planning en posities nog een laatste keer doornam. Cerberus zou weldra arriveren. En wij zouden hem afmaken.

Quinn

Ik draaide met mijn polsen om de boeien te testen die de alien, Rett genaamd, me had omgedaan, maar probeerde niet te bezorgd te kijken. Ik had niet verwacht dat ze echt beperkend zouden zijn. Toen ik Retts aandacht trok, trok ik een gezicht naar hem, in een poging hem duidelijk te maken dat de boeien veel te strak zaten. Hij schudde zijn hoofd en boog zich voorover zodat Bahre hem niet kon horen.

"Ze moeten er echt uitzien, Quinn. Wees echt. Cerberus is niet dom. Maak je geen zorgen. Bahre zal niet toestaan dat er iets met je gebeurt. En ik ook niet."

Wel, ik had getekend voor deze rotzooi, dus was ik nu van de partij. Ik was vrijwilliger om aas te zijn. De enkelbanden zaten ook strak, maar niets deed pijn. Ik haalde diep adem, knikte naar Rett, en wachtte terwijl de anderen hun ding deden, wat het ook was, om zich voor te bereiden. Ze waren een val aan het opzetten in deze grote vrachtruimte, en ik was de kaas precies in het midden ervan.

De groep aliens die daarnet nog ernstig en aandachtig was geweest, was nu de engste groep aliens die ik ooit had gezien. Hun houding veranderde in een soort gevechtsmodus. Ze waren in verschillende uniformen gekleed; maar ze waren allemaal zwaar bewapend. Het gezegde dat een man in uniform sexy is, was waar. Deze jongens waren allemaal knap. Mannelijk. Krachtig. En hun focus was nu doelgericht. Ze bewogen zich stilletjes door de kamer, klaar om een enge alien in een hinderlaag te lokken en te doden op een ruimtestation.

In de ruimte.

Het was alsof ik in een film zat. Het aas bleef altijd leven, toch? Het aas had nooit een enorme Atlan partner met dezelfde handboeien om als zij.

Hoe was mijn leven in godsnaam zo geworden?

Bahre. Dat is hoe. En ook al was dit niet leuk, ik zou er niets aan veranderen.

Toen iedereen met het plan had ingestemd, vooral Bahre, had ik opzettelijk een bijna identieke outfit gemaakt als die ik had gedragen toen Lukabo mij ontvoerde. De roze zijden blouse was hetzelfde, behalve dat ik de korte mouwen had vervangen door lange mouwen om de paringshandboeien te verbergen die ik niet wilde verwijderen. Helion had het ter sprake gebracht en Bahre was meteen door het dolle heen. Dat was voor mij genoeg geweest om het idee te weigeren. Ik had ze ook niet willen afdoen. Mijn zwarte rok zat niet zo strak als de kokerrokken die ik normaal tijdens de live uitzendingen droeg, voor het geval ik moest rennen. Maar mijn schoenen? Oh ja. Ik had mezelf wat extra lengte gegeven en ervoor gezorgd dat de hakken zelf van roestvrij staal waren. Als ik deze keer iemand moest slaan, zou ik ervoor zorgen dat ik ernstige schade aanrichtte.

Ik moest een glimlach inhouden toen ik eraan dacht hoe ik Lukabo met de scherpe punt te pakken had gekregen. Twee keer.

De S-Gen machines, of Spontane Materie Generatoren, zoals Bahre me had verteld dat ze werden genoemd, waren absoluut geweldig. Ik zou een mode-imperium kunnen beginnen met één van die dingen. Schoenen. Kleren. Juwelen. De enige limiet was de verbeelding, en als het op mooie dingen maken aankwam, kon ik eindeloos nieuwe ontwerpen bedenken.

Bahre droeg een soort gevechtspantser waardoor hij er angstaanjagend uitzag. Zwart. Nauwsluitend. Beenholster voor een groot ruimtepistool. Dat alles gaf me een veilig gevoel. Hij was prachtig en van mij, en hij zou me niets laten overkomen. Ik geloofde dat echt.

Hij had Lukabo gedood. Hij had alleen gezegd dat Lukabo me nooit meer zou lastigvallen, maar dat wist ik. Ik vond dat prima. Lukabo was kwaadaardig tot op het bot en zou een andere misdaad begaan hebben als hij niet gestopt werd.

En wat Cerberus betreft? Ik was niet van plan om een alien stalker/seks handelaar het leven van een onschuldige vrouw te laten ruïneren, niet als ik hem kon stoppen. Als ik het niet was, dan was het wel iemand anders. Ik deed dit voor Jeff Randall, en al die Jeff Randalls die dachten dat vrouwen dingen waren en geen mensen. Ik was er overheen. Over bang zijn. Ik was het zat om de andere kant op te kijken en mijn leven te reorganiseren vanwege hun obsessies. Ik was verdomme naar Florida verhuisd vanwege hem. Ik had mijn carrière vertraagd. Ik was eindelijk klaar om terug te vechten, en ik had een geweldig leger dat me hielp.

Sommigen hadden zelfs hoektanden, wat me eraan herinnerde dat Lukabo die had en een klootzak was geweest, maar dat Styx en Blade niet slecht waren. Ik had nog veel te leren over de verschillende rassen in de ruimte, hoewel mijn tijd op de Aarde niet zo geweldig was geweest. Ja, ik had een wilde nacht gehad van neuken en opgeëist worden, maar dat konden we ook op de Aarde doen.

Mijn thuis. Ik wilde dit afhandelen en naar huis gaan. Met Bahre. Samen.

Ik staarde naar Styx, probeerde zijn tatoeages te lezen

omdat ik er zeker van was dat ze echt iets zeiden, toen hij mijn interesse opmerkte.

"Het zijn de namen van alle mensen die onder mijn bescherming staan. De mensen van mijn legioen."

Mijn ogen verwijdden zich bij de complexiteit, het detail. "Hoeveel zijn het er?" vroeg ik, geïntrigeerd.

"Duizenden."

Dat was een hoop inkt. Toen ik Blade aankeek, kon ik het niet laten om te vragen. "En hoe zit het met jou? Waarom ben jij niet bedekt zoals hij?"

Blade haalde zijn schouders op. "Ik draag de namen van degenen die onder mijn bevel staan en hun families. Ik ben niet verantwoordelijk voor het hele legioen. Ik draag dat gewicht niet op mijn schouders, en dus schrijf ik hun namen niet op mijn vlees."

Deze jongens waren intens. Maar ik was nieuwsgierig en gewend om met journalisten om te gaan. Dus vroeg ik wat ik wilde vragen. "Wat is dat met die hoektanden? Drinken jullie bloed?"

Styx lachte. "Jij en mijn partner, Harper, zouden snel vrienden zijn. Ze is een mens, net als jij."

Ik trok een wenkbrauw op. "Nou?"

Hij keek op me neer. "Wij zijn geen vampieren. Harper heeft me verteld over jullie verhalen op de Aarde. Over een oudere genaamd Dracula en zijn behoefte om bloed te drinken om te overleven."

Ik bloosde, denkend aan Lukabo. "Jij... jij drinkt geen bloed?"

Hij grijnsde. "Integendeel, onze beet geeft leven. Geneest ziektes. Bindt ons aan onze partners."

Het idee van deze twee met iemand als ik, een menselijke vrouw, tussen hen in, hen neukend, haar bijtend met een soort super bindingssap? Whoa. En ik dacht dat Bahre intens was met hoe hij me tegen de muur nam. "Ik wil graag Harper ontmoeten."

Styx maakte een buiging met zijn middel. "Natuurlijk. Jij en je krijgsheer zijn altijd welkom op het grondgebied van het Styx Legion."

"Dat heb ik gehoord." De verantwoordelijke Prillon, Dr. Helion, liep naar ons toe en voegde zich bij ons. "Dat heb ik gehoord, Styx. Ik zal je eraan houden."

"Ik heb gezegd dat Bahre en zijn partner welkom zijn, Helion. Niemand anders. En vergeet niet dat je me een gunst verschuldigd bent als dit voorbij is."

"Ja. Ik ben me bewust van je eisen." Helion keek me aan. "Ben je er klaar voor? Ik heb bericht van mijn mensen op het Landingsdol dat Cerberus is gearriveerd. Hij zal hier over een paar minuten zijn."

" Landingsdok? Hij is niet getransporteerd?" vroeg ik.

"Nooit." Dat was alles wat Dr. Helion als antwoord gaf.

"Dan ben ik zo klaar als ik ooit zal zijn." Ik keek Bahre aan, die mijn blik net lang genoeg vasthield om me echt beschermd te laten voelen. Hij wist dat ik dit moest doen. Hij leek ook de enige te zijn die besefte hoe bang ik was en hoe het maken van een praatje me kalmeerde.

Helion keek naar Rett. "Eis het dubbele van Lukabo's prijs."

"Ik ken het plan."

Helion knikte; toen zei hij tegen Styx en Blade: " Reageer op zijn komst, maar jaag hem niet weg. Dit is een zakelijke transactie. Meer niet."

Styx sloeg zijn armen over zijn borst, duidelijk geïrriteerd, maar hij zei niets.

Helion bekeek me, inspecteerde alles, van hoe ik vastzat tot hoe ik gekleed was. "Perfect. Jij, Quinn van de Aarde, ziet er perfect uit."

"Helion." Bahre's waarschuwing viel in dovemansoren toen de pols gadget op Helion's zwarte uniform piepte. Hij wierp een blik omlaag. "Vijf minuten. Iedereen opschieten. Nu."

De vrachtruimte was speciaal gekozen vanwege het grote aantal opgestapelde kratten, dozen, containers en andere goederen. De aliens om me heen verdwenen als schaduwen, totdat alleen Rett en ik nog overbleven, pratend met Styx en Blade terwijl ze over mijn prijs onderhandelden.

Mijn taak was om er bang en zwak uit te zien. Makkelijk. Er was geen greintje acteerwerk nodig, wetende dat Cerberus zou komen. Voor mij. Ik kende mijn Griekse mythologie. Ik wist dat Cerberus de driekoppige hond was die de poorten van de onderwereld bewaakte om te voorkomen dat de doden weggingen.

Oh shit, had deze alien drie hoofden? Ik was doodsbang en hield me alleen maar in omdat ik wist dat Bahre toekeek. Op dit moment. Op dit eigenste moment. Hij waakte over mij. Mij beschermend.

Rett, Styx, en Blade stonden ook aan mijn kant. Maar toch... drie hoofden? Nee.

Ik keek op en zag dat Blade naar me keek. Hij knipoogde en liet zijn hoektanden zien.

Ondanks alles moest ik een grijns verbergen. Het hielp. Dit waren de goede kerels. Dit waren de goede kerels. Ik moest de woorden in mijn hoofd herhalen, want die vijf minuten leken wel vijf uur.

Eindelijk schoof de deur open, net toen Styx sprak. "Ik zal je vermoorden voordat ik je zoveel credits geef."

Ik was op het nieuws en wist wanneer we live waren. Styx had zijn doel perfect getroffen.

Rett, die de hele tijd heel aardig, zij het een beetje eng had geleken, was nu een compleet monster. Hij bewoog zo snel dat ik het niet kon volgen, alsof hij de vampier was. Jagers waren duidelijk snel. Als een waas. Hij had Styx bij de keel, en ik schreeuwde het uit van verbazing. "Dat is de prijs als je het vrouwtje wilt."

"Jager. Jager." Een enorme blauwe alien liep de kamer in met vier anderen achter hem. Vier. Twee waren vrouwelijk. Geen enkele had drie hoofden. Maar blauw. B.L.A.U.W. Was Cerberus blauw? Verdomme, dat had ik niet verwacht.

"Zet Styx neer," zei de blauwe man. "Hij is misschien niet bereid om jouw prijs te betalen, maar ik wel." Hij bekeek me, net als Helion had gedaan, en ik voelde me... tentoongesteld. Misbruikt. Vies. Hij deed Jeff Randall lijken op een simpele pestkop op het schoolplein. Ik hoefde niet langer te doen alsof ik bang was. Ik was bang voor deze man.

Rett's glimlach zag eruit als puur kwaad. Hoe? Hoe kreeg hij dit voor elkaar? Ik moest aannemen dat het pure haat voor de legioenleider was die hem dreef. "Cerberus. Ik ben blij te zien dat je mijn boodschap hebt ontvangen." Hij liet Styx vallen alsof hij afval was.

"Oh, ik heb het luid en duidelijk ontvangen toen je

Lukabo's lichaam achterliet waar je wist dat we het zouden vinden," zei Cerberus.

"In mijn privé vertrekken." Een van de vrouwen die Ceberus vergezelden sprak. Ze was enorm, minstens een meter tachtig lang, ouder dan Cerberus, maar ze zag er gemeen uit. Gewoon smerig. Ik wist hoe ik een kreng van de eerste orde moest herkennen, en zij voldeed daaraan. "Je moet wat manieren leren, Jager."

Nu wist ik wat er met Lukabo gebeurd was.

"Ik heb geen idee waar je het over hebt," ontkende Rett. "Maar ik ben blij dat je hier bent. Ik was net de toekomst van mijn gast aan het bespreken."

Start het acteerwerk. Ik keek van de ene blauwe alien naar de andere, en toen naar Rett. "Ik ben je gast niet. Breng me naar huis. Je moet me naar huis brengen." Ik worstelde tegen de touwen zoals Helion me had opgedragen. Hij had me verteld dat de beweging Cerberus zou afleiden, hem zou opwinden.

Het was maar een praatje geweest, maar nu was het walgelijk, want hij had gelijk. Ik hoefde geen afkeer te veinzen en hij hapte toe. Cerberus stapte naar voren en negeerde iedereen behalve mij, precies zoals Helion had gewild. Hij nam elke centimeter van me in zich op, van mijn rode haar tot mijn schoenen, op een manier die verlangen en kwade bedoelingen schreeuwde. "Je bent prachtig." Hij wierp een blik van mij op Rett. "Ik ga akkoord met je prijs en geef je nog eens tienduizend voor de moeite."

"Niet zo snel, Cerberus. Ik was hier eerst." Styx stapte voor me uit en blokkeerde Cerberus daarmee van mijn lichaam. Godzijdank. Ik wilde niet dat die alien me aanraakte, en Cerberus had zijn hand opgeheven om mijn gezicht te strelen. Of erger. Ik weigerde aan het ergste te denken, dus ik verdubbelde mijn vastberadenheid dat dit het juiste was. Als hij zich een menselijke vrouw kon kopen, zou de arme vrouw verdoemd zijn.

Het was Styx die als eerste moest bewegen. Dat deed hij. Toen verschoof Blade ook en schoof iets naar rechts, achter twee van Cerberus' handlangers.

Rett schoof langzaam op naar links, zodat hij, Blade en Styx een halve cirkel voor me vormden met Styx in het midden. Styx deed een stap naar voren en duwde de hele groep naar achteren, verder van me weg.

Hoektanden of geen hoektanden, ik besloot dat ik hem mocht. En Blade. Heel erg.

Cerberus werd vergezeld door twee aliens. Niet vier. Ik wist zeker dat vijf slechteriken geen deel uitmaakten van het plan.

Wat als die twee extra bij mij konden komen? Wat als ze één van die transportdots op me zouden plakken en me zouden meenemen, net zoals Lukabo had gedaan vanuit de make-up ruimte? Mijn zenuwen gierden door het lijf, wachtend tot het moorden zou beginnen. Wachtend op iemand die me zou meepakken en wegbrengen.

Ik ging overgeven over mijn nieuwe glanzende zwarte hakken. Verdomme.

De tranen kwamen. Ik stond te trillen. Mijn lichaam en mijn zenuwen hadden alles gedaan wat ik aankon. Waarom had ik me hier vrijwillig voor opgegeven? Waarom had ik gezegd dat ik het aas zou zijn? Ik was geen strijder. Ik vocht niet tegen slechteriken. Ik was een meteoroloog uit Chicago.

"Bahre." Ik zei zijn naam, fluisterde het als een gebed. Ik had hem nodig. Nu.

Alles gebeurde tegelijk.

Bahre's gebrul deed de kamer schudden.

Iemand - ik nam aan dat het de Elite Jager Quinn was - sneed de keel door van de alien aan Cerberus' rechterzijde, en Rett had de enge alienvrouw aan zijn linkerzijde neergehaald.

Vrouw of niet, ze was dood. Dus blijkbaar gold hun superbeschermende alfamannetjescode om vrouwen te beschermen niet voor de blauwe. Ze zag eruit alsof ze me in tweeën kon breken en het vlees van mijn botten kon plukken, dus ik had er vrede mee.

En Cerberus? Bahre had hem bij de keel. Hij was volledig beest. Enorm, kwaad, woest. God, het was alsof hij een ongelooflijke Hulk in zich had. Zijn beest doemde op boven het gezicht van de getande alien.

" De mijne!" Het woord was meer dan een brul, het was een belofte van het einde.

" Krijgsheer Bahre, ik heb hem levend nodig." Het bevel kwam van Helion terwijl hij dichterbij kwam.

Ik worstelde tegen de touwen, een kleine brul van mezelf kwam uit mijn keel door frustratie toen ik Rett's bindingen niet kon breken. Ik kon niet zien wat er met Bahre gebeurde. Die stomme Jager zat me in de weg.

"Rett, als je niet uit de weg gaat, laat ik Bahre je tot moes slaan," zei ik, mijn stem rauw terwijl ik bleef rukken aan de touwen.

Rett, de eikel, draaide zich om, keek omlaag, heel erg omlaag naar mij, en lachte. Maar hij deed wel een stap, een heel klein stapje opzij, zodat ik Bahre kon zien. En

Cerberus, de blauwe kerel met hoektanden. En het ruimtepistool dat hij op Bahre's ribben had gericht.

Oh God.

Waarom lachte Rett en keek hij naar mij terwijl Bahre een pistool tegen zijn ribben had? Ik rukte nog wat meer en kreunde van frustratie. Het zweet liep over mijn voorhoofd van mijn inspanningen.

"Denk je dat dat me zal tegenhouden?" Bahre hield de enorme alien nog steeds met één hand omhoog, en hij ademde niet eens hard. Allemachtig. Ik wist dat Atlan beesten sterk moesten zijn, maar dit was een ander niveau. Die blauwe vampierachtige griezel was bijna net zo groot als Bahre.

" Krijgsheer, zet hem neer," beval Helion. "Trek zijn hoofd er niet af."

Bahre gromde. "Dat was geen onderdeel van onze afspraak."

Helion liep recht op Cerberus af, griste het pistool uit zijn hand en gooide het naar één van Cerberus' blauwe hulpjes die nog steeds vlak achter hem stonden.

Wat krijgen we nou?

Bahre merkte het op. "Waarom zijn zij ook nog niet dood?" Hij keek van Cerberus naar Helion naar de andere grote, vrouw met hoektanden die achter haar leider stond. Ze was niet oud zoals degene die nu dood op de grond lag, maar ze was wel zo eng als de hel. De Jager, Quinn, had een pistool op haar gericht, maar hij vuurde niet. Hij was ook helemaal niet bezorgd dat Helion zojuist het wapen van Cerberus aan haar had gegeven.

De vrouw stapte naar voren, en ik merkte geschokt op dat ze even groot was als de Prillon.

Geen wonder dat die Rogue 5 mensen zo'n probleem vormden. Ze waren allemaal enorm.

"Ik ben Jillela," zei ze tegen Bahre, hoewel het leek alsof de anderen haar kenden. "Ik ben van het Cerberus Legioen. Dit Xeriman stuk stront dat nu bekend staat als Cerberus heeft drie van mijn topmensen gedood voordat hij de moeite nam mij uit te dagen voor het leiderschap. Vier tegen één is geen eervolle uitdaging." Ze sloeg Cerberus in de zij met het wapen dat Helion haar zojuist had gegeven. "Het maakt ook geen deel uit van onze code. Cerberus Legion is van mij."

"Iedereen, dit is Jillela," zei Helion ter introductie. "Maar na vandaag zal ze simpelweg Cerberus genoemd worden."

Cerberus gromde zo hard als hij kon in Bahre's greep.

Bahre keek geïrriteerd. Ik was gewoon in de war.

Helion wachtte om er zeker van te zijn dat Bahre niets anders zou doen, zoals misschien het hoofd van de blauwe slechterik eraf rukken, en keek toen naar de nieuwe, toekomstige leider van Cerberus. "Hij is van jou, Jillela. Onze deal is rond. Ik zal mijn belofte nakomen om Cerberus aan jou te geven om mee af te rekenen. Je staat bij me in het krijt, en je kunt er maar beter voor zorgen dat ik hem nooit meer zie of van hem hoor."

De vrouw glimlachte, en dat was een van de ergste dingen die ik ooit in mijn leven heb gezien. Die glimlach was pure dood, zo simpel was het. Brutaliteit die ze niet eens probeerde te verbergen. Deze aliens waren serieus gestoord. Sluw. Meedogenloos. "Geen probleem, dokter. Daar zal ik nu voor zorgen."

Zijn titel klonk meer als een belediging dan als een

blijk van respect, maar mijn hoofd was nog steeds in de war. Wat was er in godsnaam aan de hand? Ik hield op met vechten tegen de touwenen keek toe.

Helion wendde zich tot Bahre, die Cerberus nog steeds bij zijn nek van de grond hield. "Zet hem neer, Bahre. Jillela zal het vanaf hier overnemen."

"Hij moet sterven." Bahre's diepe stem vulde de kamer als donder.

" Akkoord." Jillela's enkele woord was als een belofte. "Geef hem aan mij, Krijgsheer. Hij is van mij."

Bahre bewoog lange seconden niet en ik vroeg me af hoe moeilijk het voor hem was om het bevel van dokter Helion op te volgen.

Ik zag hoe de lijnen van Bahre's nek zich opspanden, hoe zijn schouders schokten van woede. Cerberus piepte van de pijn, alsof Bahre zijn greep had verstevigd. Hij vocht tegen zijn beest en ik had het gevoel dat het beest aan het winnen was. "Hij heeft me niet aangeraakt, Bahre. Jij hebt Lukabo gedood. Het is goed. Laat haar hem hebben. Ik ben veilig, maar ik vind dit niet leuk. Zet hem neer en haal me hier weg."

Helion keek de Cerberus-vrouw strak aan. Oké, Cerberus was dus de naam van de man die Bahre vasthield, maar ook de naam van het legioen. Hij had de leiding, dus had hij die naam overgenomen. Zoals Styx had gedaan met het Styx Legioen. En nu wilde die gekke vrouw met hoektanden Cerberus doden zodat zij de nieuwe Cerberus kon worden.

Aliens waren sluw en gestoord. Dat was alles wat ik wist. Ik wilde ook dat Bahre die vent zijn schedel verpletterde, namens alle vrouwen in het universum. Maar toen bleek dat de vrouwelijke Jillela hem ook wilde doden. Wat ik prima vond.

"Laat haar hem hebben. Zij haat hem ook." Jillela keek van Cerberus naar mij. Toen onze blikken op elkaar gericht waren, wist ik dat ik gelijk had. Ze was groot en eng, maar ze was een vrouw die slecht behandeld was en klaar was om haar macht terug te nemen. "Ze haat hem echt."

Jillela glimlachte naar me en deze keer glimlachte ik terug. "Ja, dat doe ik."

"En Jillela," ging Dr. Helion verder. "Je bent me een gunst verschuldigd. Vergeet dat niet."

Ze spotte. "Ik ben geen Coalitie. Wij volgen de code."

"Getuige en gerespecteerd," zeiden Styx en Blade tegelijk terwijl ze uit het niets kwamen. Jillela knikte naar de leider van één van de andere legioenen. Het was vast een Rogue 5 ding. God, zo verwarrend!

"Ik had moeten weten dat jullie hier zouden zijn," zei ze tegen hen, terwijl ze zachtjes haar hoofd schudde.

Styx haalde nonchalant zijn schouders op, alsof ze vrienden waren in plaats van vijanden. "Misschien kan het Styx Legion, nu dit tuig weg is, weer zaken doen met Cerberus."

"Natuurlijk." Jillela keek naar Bahre. "Wel, Krijgsheer? Ik geef je mijn woord dat ik hem zelf zal doden."

Bahre gromde, duidelijk in gevecht met zichzelf. Ik kende Helion niet, maar het was al die tijd zijn plan geweest om Cerberus te pakken en hem dood te zien. Hij zou dit niet allemaal doorstaan en hem dan vrijuit laten gaan. Er was een reden, dat Jillela de moord zou gaan plegen. Ik wist alleen niet waarom.

Maar het was voorbij. Cerberus was gevangen. Hij zou niet langer achter vrouwen aan gaan. Hij zou dood zijn. Bahre had zijn werk gedaan. Ik was veilig.

"Bahre, het is goed," zei ik. "Laat Jillela deze hebben. Haal me hier gewoon weg." Mijn stem klonk klein en zacht en heel vrouwelijk na al het gegrom en getreuzel en gemopper dat aan de gang was geweest. De dode lichamen op de vloer bloedden nog steeds, plassen bloed vormden zich en stolden aan de randen, de geur was niet wat ik verwachtte. Er was bloed, en dan was er nog alien bloed. De kamer stonk er naar, maar het had geen metaalachtige geur. Het was te zoet en bijna kruidig. Zoals bloed met gember of basilicum smaak. Ik werd er misselijk van.

"Bahre." Hij moet het ongenoegen in mijn stem gehoord hebben. Hij draaide zich om, wierp me een blik toe, en gooide Cerberus door de kamer. De rug van de alien raakte de muur op schouderhoogte voordat hij op de grond zakte.

" Godverdomme, Bahre," protesteerde Helion.

Bahre haalde zijn schouders op. "Ik heb hem neergezet."

Jillela lachte. De andere Hyperion met de hoektanden - degene die niet met een scherp mes was doodgestoken - kwam voor het eerst in mijn gezichtsveld toen hij zich over Cerberus boog en hem controleerde. Hij keek naar Jillela. "Hij leeft nog."

"Niet voor lang," beloofde ze. Ze liep naar de gevallen leider van haar legioen en keek toen naar haar vriendin. Bondgenoot? Wat hij ook was. Hij haalde een communicatieapparaat tevoorschijn en hield het omhoog. Jillela keek in het apparaat en sprak duidelijk en langzaam. "Cerberus is gedood door mijn hand. Ik ben nu Cerberus. Iedereen die mij als legioenleider wil uitdagen is welkom om te sterven."

Ze richtte haar wapen op Cerberus - de blauwe die nauwelijks bij bewustzijn op de grond lag - en doodde hem met een schot in het hoofd, recht tussen de ogen. Ik snakte naar adem bij die actie. Ze keek weer in de camera. "Ik ben Cerberus."

Ze knikte naar haar vriend, en hij liet het communicatieapparaat zakken.

Allemachtig. Brutaal kwam niet eens in de buurt. En zij had het opgenomen?

"Bahre." Ik was zo klaar met deze mensen. Ik zou voor altijd nachtmerries hebben. "Bahre. Haal me hier uit. Alsjeblieft. Haal me hier nu weg."

Jillela had Cerberus gedood om zijn plaats in te nemen. Dus nu was zij Cerberus. Ze stapte over het lijk heen, keek naar de andere twee doden op de grond, en wierp een blik op Helion. "Zorg jij voor de lichamen?"

Hij boog zijn hoofd. "Natuurlijk. En vergeet niet, Jillela-"

Ze onderbrak hem. "Ik ben Cerberus."

Helion knikte. "Excuses, Cerberus."

"Ik betaal mijn schulden, Helion." Toen opende ze de deur en liepen zij en haar vriend de kamer uit.

Vier dode aliens in minder dan een dag. De geur van hun bloed werd sterker. De totale onverschilligheid van Helion's team over wat we net hadden gedaan maakte het alleen maar erger. Rett en Quinn werden Elite Jagers genoemd. Bahre was een krijgsheer. Helion was een dokter en een soort commandant van hun inlichtingendienst. Styx en Blade maakten afspraken met de brutale vrouw die zojuist koelbloedig een kogel, of wat het ook was dat ruimtewapens gebruikten, in iemands hoofd had gestopt, en ze had helemaal niet gereageerd. Deze mensen waren wreed. Gek. Moordenaars, zelfs als ze de goede waren. Ik was hier niet voor gemaakt.

De ruimte was niets voor mij.

"Bahre." Ik sloot mijn ogen. Ik kon nu naar niemand van hen kijken. "Haal me hier weg. Ik kan niet..."

Hij knielde voor me, zijn grote gestalte blokkeerde alles en iedereen. "Kijk me gewoon aan, partner. Het is voorbij. We hebben hem. Ik ga je hier weghalen. Blijf bij me."

Bahre

Mijn partner opende haar ogen, en ik hield haar blik vast. Ik wilde dat ze me vertrouwde. Concentreer je op mij. Ik had niet gewild dat ze hier was, maar ze had aangedrongen. Ik wist zeker dat dit meer was dan waar ze op voorbereid was. Ze wist dat Cerberus zou sterven, maar ze had geen idee hoe dat zou zijn. Ze was geen vechter. Maar ze was dapper. Sterk. Ze keek me aan zoals ik haar gevraagd had, vertrouwde erop dat ik voor haar zou zorgen.

We hadden de halve melkweg doorkruist en toch was

het nog geen dag geleden dat ik met haar op de Aarde in bed had gelegen. Sindsdien waren we gelukkig. Voldaan.

Ik bleef op mijn knieën voor haar zitten en bekeek elke centimeter van haar kleine lichaam. Haar groene ogen glinsterden van de tranen. Ze gleden ongecontroleerd over haar wangen. Haar lip trilde.

"Bahre," fluisterde ze.

" Partner, " antwoordde ik. Achter me hoorde ik stemmen. Gebonk. Het kon me niet schelen wat er gebeurde. Het was mijn taak om haar in veiligheid te brengen. Het was niet geëindigd toen Cerberus' hart stopte. De voormalige Cerberus. De anderen zouden zich nu met de situatie bezighouden. Ik hoefde me alleen maar op Quinn te concentreren. Ze steunden me. Tane was een krijgsheer en een waardig man. Helion was een eikel, maar hij respecteerde maar één ding in het universum, de heilige band met een partner. Zij zouden ons beiden beschermen tegen een onverwachte aanval terwijl ik voor mijn dappere, koppige vrouw zorgde.

Ze hield haar handen omhoog, haar polsen waren gebonden. Ik wierp een blik op haar lichaam en zag dat haar enkels aan de voorpoten van de stoel waren vastgebonden. Ik gromde, zelfs toen Rett, de Elite Jager die in Helions plan als haar gijzelaar had gefungeerd, zijn schouders naar me ophaalde. "Ik moest het er echt uit laten zien."

Mijn beest kwam in opstand en gromde naar Rett.

"Bahre, het is goed," zei ze. "Ze doen geen pijn."

Niet relevant. Ik haatte het te zien dat ze op haar lichaam zaten, het fysieke bewijs van het gevaar waar ze zichzelf vrijwillig in had gebracht.

"Mes," riep ik. Binnen een paar seconden verscheen er een aan mijn rechterkant. Ik nam het aan, niet wetend van wie het kwam, voordat ik voorzichtig de touwen door sneed. Toen viel ze tegen me aan, haar armen om mijn nek, zich aan me vastklampend alsof ze me nooit meer los zou laten.

Dat vond ik prima. Ik ademde haar in, voelde haar warmte, haar zachtheid.

"Waarom heeft Jillela dat gedaan?" mompelde ze. "Waarom heeft ze het opgenomen? Dat is ziekelijk."

Styx hoorde haar vraag en antwoordde. "Deze leider niet goed voor zijn legioen. Jillela wordt gerespecteerd in het legioen en zal orde in de chaos brengen. Maar om het commando over het Cerberus Legioen te krijgen, moet men de huidige leider verslaan, en die nederlaag moet worden aanschouwd."

"Verslaan of doden?" vroeg ze.

"Is er een verschil?" vroeg hij.

"Dat is barbaars." Haar handen waren nu vrij, en ze wreef over haar polsen. Op het moment dat haar vingers in contact kwamen met de paringshandboeien, kalmeerde ze, haalde diep adem, en glimlachte naar me. "Dank je, partner."

"Hij zal geen vrouwtjes meer bedreigen," verzekerde ik haar terwijl ik de touwen van haar enkels verwijderde. Ze was dapper geweest en had haar doel bereikt. Ze had de leider van het Cerberus Legioen verslagen. En nu was ze vrij van dat gevaar.

"Godzijdank." Quinn kwam van de stoel af en smolt in mijn armen, tevreden met het feit dat ik haar vasthield.

Ik ging ver genoeg achteruit zodat onze ogen elkaar ontmoetten. "Ben je gewond?"

Ze schudde haar hoofd, haar haren gleden over haar schouders. "Nee. Ik ben in orde. Maar moeten ze allemaal van die hoektanden hebben? Ik bedoel, ik heb films gezien, maar dit is waanzin. Er horen geen vampieren in de ruimte te zijn." Ze begroef haar gezicht tegen mijn borst. "En de geur van hun bloed. Ik kan het niet, Bahre. Ik kan het gewoon niet."

Haar woorden kwamen eruit in een werveling, totaal anders dan haar gebruikelijke koele kalmte. Dit was mijn partner op haar kwetsbaarst. Ze was niet gewond, maar ze was in shock. Ik stond op, en hield haar in mijn armen terwijl ik dat deed. Ze was zo licht, zo makkelijk te dragen. Ik draaide haar hoofd tegen mijn nek zodat ze niet naar de lichamen hoefde te kijken terwijl ik langs Helion liep.

"Ik neem ontslag, Commandant Helion. Met onmiddellijke ingang."

"Ik zal je oproepen als ik je nodig heb, Bahre."

De verdomde klootzak. Ik was niet van plan te discussiëren met die klootzak terwijl mijn partner in mijn armen lag. Hij zou ontdekken hoe serieus ik het opnam om voor mijn vrouwtje te zorgen als hij in de toekomst contact met me opnam.

Ik nam niet de moeite om afscheid te nemen van de anderen. De Jagers jaagden. Cerberus Legion had een nieuwe leider. Styx Legion had een nieuwe bondgenoot en zakenpartner. Helion had ook wat hij wilde.

"Wat is er met de blauwe dame gebeurd?" Quinn

mompelde de vraag. "Degene die Lukabo eerder zou ontmoeten?"

Rett antwoordde. Dat verdomde gehoor van Jagers. "Zij is een van de doden, mevrouw." Rett wees naar een van de lichamen op de grond.

"Dat is een heel grote vrouw," antwoordde Quinn. Ik begreep haar verwarring. Ulza was groot en gespierd geweest, en er werd gezegd dat ze een genadeloze vechter was.

"Ja. Moeder van vijf zonen." Styx keek naar Blade. "We zijn vrij om zonder gevolgen op Ulza's zonen te jagen. Ik heb mijn eigen deal met Jillela gemaakt."

Blade keek tevreden. "Haar oudste heeft geprobeerd de menselijke vrouw van Trion te kopen? Bij Omega Dome?"

"Ja."

Blade fronste zijn wenkbrauwen. "Onze partner zal dat niet leuk vinden."

Styx grinnikte. "Nee, ze zal zijn hoofd op een presenteerblaadje eisen."

"Dan zullen wij daar voor zorgen."

"Ik onderschat jullie twee altijd, nietwaar?" vroeg Helion.

Ik negeerde ze allemaal en droeg mijn partner naar de gang en terug naar onze suite. Ik was klaar met hen allemaal. De enige die er nu toe deed lag in mijn armen. En ik was niet van plan haar ooit nog te laten gaan.

14

Bahre, Drie weken later, de Aarde

Mijn partner keek in ons nieuwe huis rond met grote, ronde ogen.

"Bahre? Is dit een grap?"

"Keur je het af? Ellen en Linda hebben me verteld dat je deze vertrekken mooi zou vinden."

Ze liep rond in het grote huis dat ik als geschenk voor haar had gekocht, en tranen kwamen in haar ogen. "Dit is te veel."

Godverdomme. Ik had haar aan het huilen gemaakt. Dit was niet de reactie waar ik op had gehoopt. Ik had mijn Atlan broers gevraagd om een verblijf te vinden die mijn partner waardig was en in de buurt van haar werk. Tane, Iven en Egon hadden de hulp ingeroepen van Quinn's vrienden, twee vrouwen met wie ze samenwerkte, Ellen en Linda. Ik had contact opgenomen met de heersende raad op Atlan, Dr. Helion gevraagd dingen te regelen, en binnen enkele dagen was mijn vermogen naar de Aarde overgebracht en in mensengeld omgezet. Ik zou het allemaal aan haar geven. Elke munt.

"Dit huis is enorm. Hoe kan je je dit veroorloven?" Ze draaide zich om en keek me aan, haar schoenen met hoge hakken waren donkerblauw, haar jurk zacht en aansluitend en van dezelfde kleur met bijna onwaarneembare witte strepen. Ze zag eruit als een koningin met haar haar hoog opgestoken op haar hoofd en de nieuwe Atlan ketting die ik had laten bezorgen. De halsketting was dik en paste precies bij de paringshandboeien. Ik had ook bungelende dingen voor haar oren gevraagd, want daar leek ze van te houden. Ze hield ervan om versierd te zijn, en ik zou er voor zorgen dat dat zo bleef. Ik hield van haar versieringen, vooral wanneer ze niets anders droeg.

Ze zag er vorstelijk uit. Prachtig. En verward.

"Het spijt me, partner. We kunnen een ander huis kiezen. Wat jij wilt, is van jou." Was mijn stem aan het trillen? Verdorie.

Angst. Ik was bang, doodsbang dat deze mooie, perfecte vrouw wakker zou worden, bij haar positieven zou komen, en nu ze terug op de Aarde was, zou vluchten. Ik was geen jonge, onschuldige man. Ik was een moordenaar. Een strijder. Ze had gezien hoe mijn missies waren geweest. Ze heeft er een doorstaan. Ze was getuige van de executie van een Rogue 5 leider. Ze ontmoette Elite Jagers in het heetst van de strijd. ze kende zelfs de leider van het IC van de Coalitie persoonlijk.

Mijn lichaam droeg de littekens van de strijd, net

zoals mijn ziel. Ze wist dat ik van binnen en buiten getekend was door de dood. En Quinn? Zij was een en al schoonheid en medeleven. Acceptatie en verlichting, de lach en hoop waar mijn gebroken ziel naar hunkerde.

Ze was perfect. Moedig. Intelligent. Misschien had mijn lieftallige partner mij helemaal niet nodig. Ze mocht dan wel mijn handboeien dragen, maar wat als ze ze wilde afdoen?

Ze wilde niet in de ruimte blijven. Ik nam het haar niet kwalijk dat ze weg wilde van Transport Station Zenith, maar ze wilde ook niet naar Atlan of De Kolonie. Haar tijd op het transportstation had daar voor gezorgd. De wetenschap dat Rogue 5 groepen bestonden, dat de Inlichtingen Kern bestond, dat het kwaad zoals de nu dode leider van Cerberus bestond? Ze wilde zich veilig voelen en op bekend terrein zijn.

Ze wilde naar huis. En waar mijn partner wilde zijn, zou ik ook gaan. Zij was mijn thuis.

Directeur Egara had contact opgenomen met de administratie van het Interstellair Bruiden Verwerkingscentrum, en zij hadden mijn overplaatsing naar het veiligheidsteam hier in Miami binnen het uur goedgekeurd. Ik zou op de Aarde gaan wonen. Voorgoed.

Tenzij dat stomme huis dat ik voor mijn vrouwtje had gekocht haar van me zou wegjagen.

"Bahre?"

Ik knipperde naar beneden naar haar, verloren in mijn zorgen. "Ja, liefste?"

"Je bent een soldaat. Hoe kan je je dit huis veroorloven? Ik begrijp het niet."

Ik schudde mijn hoofd. "Ik ben geen soldaat. Ik ben

een krijgsheer met meer dan tien jaar dienst bij de Coalitie. Ik was een commandant bij de Inlichtingendienst."

Ze liep naar me toe en nam mijn handen in de hare. Ik tilde ze naar mijn lippen en kuste haar knokkels.

"Onze soldaten verdienen niet zoveel geld."

Ik was niet bekend met de waarde van menselijke verdiensten. Het huis was wat ze verdiende, maar duidelijk duur.

"Zeg je me nu dat dit allemaal afkomstig is van het vechten in de oorlog?"

Ik knikte. "Ja. Veel Atlans keren niet terug van de frontlinies. Wij zijn altijd de eersten op de grond, de eersten om te vechten. Degenen die de Hive niet doodt op het slagveld zijn meestal verloren door de paringskoorts. Ik heb het overleefd. Zij die overleven worden beloond door hun volk."

Ze fronste, haar gladde voorhoofd ontsierd door haar verwarring. "Je bent niet gestorven, dus nu ben je rijk?"

Toen ze het zo zei, klonk het inderdaad vreemd. Ik haalde mijn schouders op. "Ja. De menselijke bank waar Ellen me mee naartoe nam, was dolenthousiast toen de overboekingen doorkwamen. De manager zei dat ik miljardair was."

Haar mond viel open, alsof ik haar had laten schrikken. "Wat?"

Het was mijn beurt om te fronsen. "Is dat slecht? Ik kan het geld weggeven of terugsturen naar Atlan."

Ze lachte nu, met haar hoofd achterover en het geluid dat uit haar keel kwam was puur plezier. "Oh, nee, dat hoeft niet! We kunnen natuurlijk wel wat weggeven aan hen die het nodig hebben, maar pas als jij je waarde inziet." Ze sprong in mijn armen en kuste me, hard, op de mond. "Ik kan dit huis niet geloven. Ik kan jou niet geloven. Dit is waanzin."

Mijn armen lagen nu om haar heen, en ik verstevigde mijn grip. "Gek is goed?"

Ze kuste me zachtjes deze keer, en mijn beest kalmeerde, net als ik. Ze kon me temmen met een aanraking, mijn partner. Ik dankte de goden voor haar, elke seconde van elke dag. "Gek is zeker goed."

Nu ik tevreden was met mijzelf, sprong mijn beest rond in mijn borst en wilde spelen. Wat betekende dat hij onze partner tegen de muur wilde zetten en haar wilde laten gillen van genot, maar ik genoot te veel van haar reactie om hem zijn gang te laten gaan.

Tenminste, nog niet.

Ik had haar in mijn bezit, en dat was wat telde. Ze was niet meer uit mijn zicht geweest sinds het incident op Transport Station Zenith. Niet vanwege de handboeien, maar omdat we allebei nog op onze hoede waren. Het was niet moeilijk om constant bij haar te zijn. Verre van zelfs.

Quinn nam mijn hand en trok me achter zich aan terwijl ze het huis verkende. Het hele huis was ingericht en gemeubileerd met wat volgens Ellen in de smaak zou vallen bij mijn partner. Ze had een heel team van mensen ingehuurd voor de inrichting en giechelde als een klein kind toen ik haar het kleine stukje plastic gaf dat de bankier me had gegeven nadat ik mijn rekeningen op de Aarde had geopend.

Een kredietkaart, heette het. Ik begreep het niet, wat

betekende dat Quinn gelijk had. Ik moest het geldsysteem van de Aarde leren kennen.

"Ellen heeft een team ingehuurd voor de inrichting, maar jij mag alles veranderen wat je wil.

Ze zuchtte terwijl ze een rondje draaide. "Bahre, dit is prachtig. Ik kan dit niet geloven. Ik kan het gewoon niet geloven." We eindigden onze rondleiding in de grootste slaapkamer, en mijn partner hapte naar adem toen ze in de aansluitende badruimte gluurde en het bad van Atlanformaat zag. Ze wierp een blik over haar schouder op mij en schopte haar schoenen uit.

Mijn beest, en mijn penis, werden onmiddellijk aandachtig.

"Zullen we in bad gaan?" vroeg ze. "Je neemt toch wel een bad op Atlan, of niet?"

De badkuip in haar huidige huis was te klein voor mij, dus had ik alleen haar douche gebruikt.

Mijn penis pulseerde bij het idee van haar weelderige, welgevormde lichaam dat in een warm bad wegzonk, van het likken van het vocht van haar borsten, haar poesje. Ik wilde mijn handen met zeep over elke welving en holte laten glijden.

Ik kon nauwelijks spreken, en moest mijn keel schrapen. "Ja. We hebben baden."

Haar glimlach was pure uitnodiging terwijl ze haar rug naar me toekeerde. Ze wierp me een blik over haar schouder door die rode wimpers. "Kun je mijn rits losmaken?"

Ik stuntelde en greep met mijn enorme vingers naar het kleine metalen ding, maar ik zou haar naakt zien. Die vastberadenheid behoedde me voor een mislukking toen ik de rits voorzichtig over haar rug en over de welving van haar billen naar beneden schoof.

Mijn God. Fuck. Ze droeg het kanten ondergoed dat ze het liefst droeg. Waar ik van hield. Vandaag waren ze donkerblauw zodat ze bij haar jurk pasten, de G-string - een Aardse term die ik snel geleerd had en die ik zeer waardeerde - gaf me een perfect zicht op haar billen toen ze uit de jurk stapte en zich vooroverboog om het warme water in het bad te laten stromen.Ik slikte bijna mijn tong in toen ik het zag.

Ik twijfelde er niet meer aan dat mijn partner me uitnodigde om haar op te eisen, om mijn harde pik in haar zachte lichaam te stoppen, om het water van haar huid te likken.

Ze keek nog eens over haar schouder, de vingers van een hand onder het stromende water, om de temperatuur te testen. Een kastanjebruine wenkbrauw wipte omhoog, de hoeken van haar mond gingen omhoog in een verleidelijke glimlach. "Ga je je kleren uittrekken?"

Fuck. Misschien eiste ze mij op.

Mijn partner. "De mijne." Het beest sprak, en ze wist het, ze wiebelde een beetje met haar billen om me te plagen zodat ik op zou schieten.

De extra verleiding was niet nodig. Ik kon me nauwelijks beheersen.

Lichtgrijs marmer omringde haar, de vloer en de badkuip, de steen bezaaid met krullen van zwart en zilver. De badkuip was groot genoeg voor ons beiden, dat was een van mijn verzoeken.

Haar ogen volgden elke beweging van mij terwijl ik mijn broek en hemd liet zakken en uit mijn schoenen stapte. Geheel naakt stond ik nu voor haar met alleen de paringshandboeien om, niets anders dan het symbool van haar eis over mij, en stond haar toe zich helemaal uit te leven. Mijn penis was in erectie en kromde zich naar mijn buik, en haar blik was daar eindelijk op gericht. Ik was altijd hard voor haar. Altijd klaar. Ik zou altijd naar haar verlangen. Haar de bevrediging geven die ze van mijn lichaam nodig had.

Ik haalde diep adem en nam de geur van haar opwinding op.

Ze staarde veel te lang. Toen haar blik eindelijk mijn ogen bereikte, zag ik wat ik moest zien. Lust. Liefde. Vertrouwen.

Behoefte.

"Je bent perfect, Bahre."

Dat was ik niet. Ik was getekend, gebroken en lelijk, maar ik zou haar niet uit haar verbeelding praten. In plaats daarvan zou ik haar tot in de eeuwigheid neuken, ervoor zorgen dat ze verzadigd, bevredigd, vol was. Elke centimeter van haar aanraken en ervoor zorgen dat ze precies wist hoe toegewijd ik was aan haar zorg en bescherming. Ik zou haar zo innig beminnen dat het verdraaide beeld dat ze van me had nooit zou vervagen.

En als dat wel zo zou zijn? Dan zou ik haar zeker neuken en verzorgen en haar poesje laten trillen op mijn penis tot ze me weer perfect vond.

Ik liep naar haar toe en verwijderde met snelle rukjes de kleine stukjes kant van haar lichaam tot de restjes op de grond lagen. Ik tilde haar in het water. Glimlachend liet ze zich in het snel gevulde bad zakken en bewoog zich naar de achterste rand, het verst van mij vandaan, en stak haar armen uit naar de zijkanten, haar borsten zwevend aan de bovenkant van het water. Haar handboeien glansden helder in het licht, nat van het bad, en ik kon de golf van voldoening niet tegenhouden toen ik ze op haar lichaam zag. Haar tepels gluurden naar me als betoverende uitnodiging, een tint donkerder in het warme bad.

" Kom erin, partner," beval ze. "Laat me niet smeken."

Mijn glimlach, ik wist het, was verwilderd. Ik wilde dat ze zou smeken. Ik nam mijn penis in de hand en kneep in de basis om de behoefte te weerstaan haar uit het water te tillen en tegen de muur te nemen. " De mijne."

"Kom me maar halen, beest." Ze wenkte me naar voren met één beweging van haar vinger.

Mijn beest gromde. Misschien waren we niet zo verschillend in ons denken als ik had gedacht. "Wil je op mijn paal rijden, partner?"

"Ja."

Dat ene woord ontnam me mijn controle, en ik stapte in het water. Ze ging niet weg, maar stond op om me te begroeten, haar natte borsten tegen mijn borst gedrukt, haar lippen op de mijne.

Ik snakte naar haar smaak. Ik tilde haar in mijn armen en droeg haar zo dat haar billen op de rand van het grote bad rustten, haar rug leunde tegen de muur op slechts een paar centimeter achter haar. Ik hield haar blik vast, tilde één van haar voeten op en plaatste die op de rand van het bad. Ik reikte naar de andere, opende haar benen toen ik haar andere voet op de rand plaatste, en kreunde toen haar natte poesje me wenkte, haar glinsterende opwinding een zicht dat ik niet wilde weerstaan.

Ze was wijd gespreid, volledig open voor mij. Maar toch niet kwetsbaar. Ze wist dat zij de macht had hier. Ik mag dan groter zijn, maar zij bracht me altijd op mijn knieën.

Ik hield haar op haar plaats en schoof tussen haar benen, mijn schouders drukkend tegen haar natte dijen, en drukte ze tegen haar zijden. Wijd.

De mijne.

Voordat ik mijn mond op haar poesje plaatste, wierp ik een blik naar haar op.

Haar vingers verstrengelden zich in mijn haar, en ze schonk me een zachte glimlach.

"Alsjeblieft," fluisterde ze.

"Ja, mijn vrouw." Ik stak mijn tong diep in haar en eiste haar op, op de meest eenvoudige manier die ik kon. Haar hijgen van genot, de nattigheid die mijn tong omhulde waren allemaal aanmoedigingen die ik nodig had toen ik me tegoed deed aan haar vrouwelijke kern. Ik gebruikte vingers en tong, lippen en tanden, trekkend en zuigend tot ik leerde wat haar deed snakken, haar adem deed inhouden, deed rillen.

Ik schoof twee vingers in haar poesje, neukte haar terwijl ik aan haar clitoris zoog, gretig om haar naar een orgasme te drijven. Ik wilde dat ze de controle verloor. Om te huilen. Schreeuwen. Om zich over te geven. Ik zou het uitdagen en plagen voor een andere keer bewaren.

" De mijne," fluisterde ik toen ze jammerde.

"Bahre!" Haar vingers woelden in mijn haar, niet om

me weg te duwen maar om me dichter te trekken. Ik smulde, verdubbelde mijn aanbod op haar clitoris, neukte haar harder en sneller met mijn vingers terwijl ik de druk en het ritme van mijn tong opvoerde. Ik masseerde de binnenwanden van haar poesje, vond het gevoelige plekje binnenin haar en streelde haar keer op keer tot ze het uitschreeuwde, de wanden van haar poesje trillend in hulpeloze bewegingen rond mijn vingers.

Ik gromde bij het zien van haar, het geluid van haar bevrediging.

Voordat ze de tijd had om bij te komen, stond ik op uit het water en legde mijn penis aan de ingang van haar gezwollen poesje, toen dook ik diep, begroef mezelf in de nog steeds trillende warmte van haar.

Mijn beest nam het over, grommend van oerbevrediging bij haar gejammer en klauwende vingers, de zware warmte van haar gezwollen huid die me samenknepen. Ik hield me niet in, wetende dat ze al op het randje zat, klaar voor nog een orgasme. Ze had het nodig dat ik haar hard neukte. Snel. Diep.

"Ja!" riep ze.

Ik neukte haar als het beest dat ik was, en ze beantwoordde elke stoot met een zwaai van haar heupen, een zachte kreet over haar lippen. Ze eiste meer, en ik gaf haar alles.

Sneller.

Dieper.

Ik hield van de manier waarop haar huid rood werd, hoe haar adem klonk toen ze smeekte, ik hield van de manier waarop haar vocht mijn penis bedekte, de manier waarop haar lichaam verschoof bij elke stevige stoot van mijn heupen. Ik hield ervan dat haar perfect gestylde haar nu een warboel was van natte slierten en losse lokken die rond haar borsten vielen. Ik hield van de manier waarop ik mijn kalme, perfect veroverde vrouw kon veranderen in een gillende, kronkelende puinhoop die mijn penis bereed.

Ze hield ervan om verzorgd te worden, om er perfect uit te zien. Maar zo, naakt, bezweet, en verloren voor alles behalve mijn penis die in haar stootte, was ze perfect.

Toen ze weer klaarkwam en haar poesje zich als een vuist om me heen spande, liet ik mezelf eindelijk klaarkomen en bedekte haar met mijn geur, mijn zaad.

We baadden elkaar daarna, lachend en spelend zoals ik nog nooit in mijn leven had gedaan. Het water werd koud, dus ik tilde haar uit het bad, droogde haar af, en droeg haar naar ons nieuwe bed. Ik kuste haar zachtjes. Hield haar vast. Luisterde naar haar gepraat over plannen voor het huis, terwijl we onze grote nieuwe slaapkamer in ons opnamen, voor ons leven samen.

Atlan was al vele jaren niet meer mijn thuis geweest. De Aarde. Atlan. De Kolonie. Het maakte mij niet uit waar ik sliep, zolang mijn partner maar in mijn armen was.

Dank de Goden. Zij was mijn partner. Mijn thuis.
Mijn thuis. Voor altijd

EPILOGUE

 uinn, 9 Nieuws Hoofdkwartier, Miami, Florida

ELLEN EN SUSAN ZWEEFDEN ALS TWEE TROTSE MOEDERKIPPEN. Ik zou over een kwartier live te zien zijn op de nieuwsredactie, en ze zorgden ervoor dat ik er als een filmster uitzag voor mijn eerste dag terug na mijn enorme promotie.

Ik hield van ze. God, wat had ik ze gemist. En de Aarde. En geestelijke gezondheid.

De kranten in mijn schoot stonden nog steeds vol informatie, maar nu waren het lokale gebeurtenissen, politiek, en misdaad, niet alleen meteorologische gegevens. Ik was eindelijk bij de nieuwsredactie gekomen, dankzij mijn Atlan-liefje en een viraal filmpje van Bahre die op zijn knieën een gelofte aan mij aflegde.

"Tien minuten." De stem die door de deur kwam was

bekend. Ik was terug waar ik wilde zijn. Bahre was echter bij me. Hij was overgeplaatst naar de bewakingsdienst van het Interstellaire Bruiden Verwerkingscentrum hier in Miami en werkte een paar uur per dag om bezig te blijven.

Het had even geduurd voor we er allebei klaar voor waren om niet steeds samen te zijn. Weken voordat hij de technische aanpassingen aan de paringshandboeien had gedaan, zodat ik zonder pijn van hem weg kon zijn.

Zijn beest weigerde de verandering van zijn handboeien. Bahre's paringshandboeien deden hem elke seconde dat hij bij me weg was pijn, maar hij zei dat het nodig was om zijn beest onder controle te houden. Ik was niet van plan daarover in discussie te gaan. Het leven op de Aarde was niet bedoeld voor dat soort gehechtheid. En ik wilde werken. Ja, we waren rijk nu. Echt, belachelijk rijk. Ik hoefde niet te werken. Maar ik wilde het wel. Ik genoot van mijn werk en ik was er goed in. Bahre zou gek worden als hij de hele dag in ons huis zat, elke dag opnieuw. Dus maakten we wat veranderingen.

Helaas, Doctor Helion en Bahre bleven volhouden dat er meer vijanden waren. Meer slechteriken die zouden kunnen proberen Bahre te kwetsen via mij. Dus veiligheid was een probleem.

We kwamen tot een oplossing waarbij een van zijn andere Atlan vrienden altijd - letterlijk altijd - in de buurt was als Bahre aan het werk was. Dat stelde me gerust. En Bahre ook. Ik had persoonlijke Atlan beveiliging, wat ik prima vond. Het werkte ook geweldig voor de grote jongens, want waar ik ging, gingen zij ook. Het gaf hen toegang tot veel meer menselijke vrouwen. Winkelen.

Het schoonheidssalon. Mijn favoriete delicatessenwinkel. Het was misschien wat overdreven, maar Bahre stond erop.

Als mijn beest aandrong, was ik vrijwel hulpeloos om hem te weerstaan. Of zijn handen. Zijn mond. Zijn penis.

Oh nee, ik bloosde. Alweer.

Ellen giechelde als een tiener terwijl ze wat extra poeder op mijn wangen deed. "Je bent mooi, schat. Ik ben zo blij dat je terug bent."

Ik was nerveus geweest om terug te keren naar deze ruimte, maar ik wist dat Lukabo weg was. Dood. Ik was veilig.

"Ik ook." Ik glimlachte toen Ellen me op de wang kuste. Susan volgde vlak achter haar voordat ze me wat ruimte gaven om mijn hoofd leeg te maken en me voor te bereiden op een live televisie-uitzending. Dat was niets nieuws, maar de rol wel en... Ik haalde diep adem. Ik was in orde.

Terwijl ik mijn handen optilde, inspecteerde ik de ingewikkelde ontwerpen die de paringshandboeien bedekten die ik nooit wilde afdoen. Het idee dat Bahre pijn wilde voelen als hij niet bij me was, was vreemd.

Zo romantisch, op een echt brutale, alien manier. Maar na wat ik gezien had op dat ruimtestation, leek Bahre die iets droeg dat hem een beetje pijn deed, vrij onbelangrijk. Plus, ze maakten hem gelukkig, dus ik was niet van plan om te discussiëren. Bahre gelukkig maken was mijn favoriete ding in het universum.

"Dank u, mevrouw." Tane stond in houding bij de deur, zo stil dat ik vergeten was dat hij er was. Hij leek mijn belangrijkste beschermer te zijn als Bahre weg was.

Na alles wat we samen hadden meegemaakt, beschouwde ik hem als een vriend.

"Voor wat?" Ik fronste mijn wenkbrauwen.

"Voor het vinden van Bahre," antwoordde hij. "Voor het accepteren van hem. Voor alles wat je gedaan hebt om Cerberus ten val te brengen. Je geeft ons allen hoop."

Ik was niet gewend aan zulke complimenten, maar ik wist dat de woorden niet makkelijk uit te spreken waren, dus accepteerde ik ze. "Dank u." Maar ik was verward. "Hoop voor wat, Tane?"

Hij boog laag, lager dan ik ooit een Atlan had zien gaan. "Dat we voor onszelf zo'n buitengewoon vrouwtje mogen vinden."

Oh jeetje. Hij was zo... lief. "Weet je wat we nodig hebben?"

"Wat dan?"

"Om een partner voor je te vinden." Ik gooide de papieren in mijn hand op mijn make-up tafel. "Bahre en ik hebben een nieuw huis." Het was een mega herenhuis als ik eerlijk was. Hij had veel hulp gehad bij het omzetten van zijn Atlan-rijkdom in dollars, en toen ik de bankafschriften had gezien, besefte ik dat miljardair het topje van de ijsberg was. Bahre was één van de rijkste mensen op deze planeet. Een deel van Bahre's rijkdom kwam van zijn thuiswereld, omdat hij Atlan was en de oorlog had overleefd. En nog meer van die Prillon rotzak, Dr. Helion, omdat hij een spion was geweest. Of moordenaar. Of wat hij ook was geweest.

Bahre's verleden kon me niet schelen. Ik gaf alleen om wat hij nu was.

De mijne. Ik gaf zelfs niet om het geld.

Tane stond versteld. "Hoe zou je me kunnen helpen met het vinden van een partner?"

Ik lachte, een volle, blije lach vanuit mijn buik. Ze hadden zoveel levenservaring, en toch waren ze zo onwetend, deze Atlans. "Ik heb nu een herenhuis. Ik ken een heleboel mensen. Je bent toch niet degene die in de Vrijgezellenbeest show komt, of wel?"

Hij schudde zijn hoofd. "Nee. Op dit moment, zal niemand van ons dat doen."

"De vier van jullie die samen met Bahre kwamen? Waarom niet?"

"We hebben allemaal de gekozen vrouwtjes geroken, en onze beesten hebben niet gereageerd."

Mijn ogen werden wijder. "Op geen enkele van hen?"

"Nee."

"Dat is klote."

Tane grijnsde naar me. "Vertel mij wat." Hij had de Aardse taal opgepikt, het was wel schattig. Hij was net Bahre's kleine broertje, zo dacht ik over hem.

"Ik ga met Bahre praten," zei ik tegen hem.

De deur van mijn kleedkamer ging open, en Bahre liep zonder aankondiging naar binnen.

"Partner. Ik hou van je. Gaat het goed met je?" Altijd, altijd zijn allereerste woorden.

Ik glimlachte. "Ik hou ook van jou. En natuurlijk." Ik stond op en wierp me in zijn armen. Hij hield me stevig vast en kuste me tot ik geen adem meer kreeg. "Nu heb ik Ellen nodig om mijn lippenstift bij te werken."

"Je lippen zijn perfect."

Tane schraapte zijn keel. Bahre keek over zijn

schouder naar zijn vriend. "Bedankt dat je op haar hebt gelet."

Hij kantelde zijn hoofd. "Ik ben vereerd."

Ik wiebelde en Bahre zette me neer. "Jullie twee zijn zo schattig." Ik pakte mijn papieren toen de technicus naar de deur kwam, naar binnen keek naar de twee enorme aliens, en doodstil bleef staan. "Twee minuten. Je kunt maar beter opschieten."

"Ik kom eraan!" Ik stormde door de gang op mijn knalrode hoge hakken - ik zou nooit meer betrapt worden zonder mijn belangrijkste zelfverdedigingswapen - mijn chocoladebruine sweaterjurk en knalrode riem. Tane en Bahre volgden direct achter me, en ik praatte over mijn schouder terwijl ik liep, mijn hakken tikkend op de vloer. "We gaan een feestje bouwen, Bahre. Met al je vrienden. Ik ga iedereen uitnodigen die ik ken. Het zal net Assepoesters bal zijn."

"Wie is Assepoester?" vroeg Tane.

"Waarom zouden we nog een bal nodig hebben?" Vroeg Bahre. "Er zijn er genoeg in ons nieuwe huis, partner. Ik heb ervoor gezorgd dat alle mogelijke soorten erin zitten. Eén voor baskets en rugby, en één voor voetbal. Tennis. Ik vergeet alle Aardse spelen, maar we zijn goed uitgerust voor elke gelegenheid."

Ik glipte achter het nieuwsbureau en glimlachte naar mijn man, die naast de dichtstbijzijnde camera stond. Mijn partner. Mijn alien. Hij was echt schattig. Zoals een enorme teddybeer, knijp-hem-dood schattig.

Basketballen en voetballen? Goed uitgerust voor elke gelegenheid? Hah. Dat was een goeie.

Als die Atlans een blik konden werpen op een kamer

vol menselijke vrouwen, helemaal opgekleed, zou die verwarde blik op Tane's gezicht veranderen in iets totaal anders.

Ik wierp opnieuw een blik op Bahre.

Ja, daar was het. Dat was de blik.

Honger. Behoefte. Toewijding. Liefde.

Ik zou voor Tane een vrouw vinden die hem ook zo zou laten kijken.

We begonnen met de nieuwsuitzending, en alles ging goed. Totdat mijn medepresentator iets voorlas van de monitor dat me deed verstijven van schrik.

"De zesendertigjarige man die gisteren door zelfmoord om het leven kwam is geïdentificeerd als Jeffrey Randall uit Chicago. Hij was een acteur die in Chicago werkte voor hij iets minder dan twee jaar geleden naar Florida verhuisde." Mijn medepresentator ging maar door over de details, en ik staarde naar de camera met een gemaakte glimlach op mijn gezicht. Blijkbaar had Jeff zichzelf van een brug gegooid?

Onwaarschijnlijk.

Ik keek van de camera naar Bahre, die in de schaduw stond, de vraag in mijn ogen. Ik wilde dat hij me antwoordde.

Dat deed hij, maar zonder woorden. Zijn blik was direct en meedogenloos. Naast hem sloeg Tane zijn armen over elkaar en boog ook zijn hoofd naar mij.

Shit. Hadden die kerels Jeff vermoord?

Ik keek de andere kant op en probeerde mijn uitdrukking neutraal te houden toen de medepresentator verder ging met praten over een drugsbende die eerder op de dag door de plaatselijke politie was opgerold.

"Quinn?" Mijn medepresentator zei mijn naam, en ik realiseerde me dat ik verondersteld werd te praten.

Geweldig.

Ik wendde mijn meest professionele glimlach tot hem, en maakte toen het nieuwsbericht af. Op het moment dat weniet meer live waren, maakte ik mijn microfoon los en liep rechtstreeks naar Bahre.

"Heb jij het gedaan?" fluisterde ik.

Hij legde zijn hand op mijn elleboog en leunde voorover. "Hij was een bedreiging voor je. Of niet soms?"

Ik kon niet liegen. "Ja."

"Onaanvaardbaar," antwoordde hij. "Ik bescherm wat van mij is."

Jaren van aanpassing vervaagden toen ik besefte dat het me niet kon schelen dat Jeff dood was. Hij was geen goed mens geweest. Hij was wreed, obsessief en gevaarlijk, niet alleen voor mij, maar ook voor de volgende vrouw die hij op het oog had. Jeff was niet anders dan Cerberus, alleen schakelde Bahre in de ruimte slechteriken zoals hij uit. Dat was zijn werk geweest. Hier, was dat niet zo. Wel, niet beroepsmatig, maar als mijn partner zag hij het als zijn plicht.

"Oké."

"Je bent niet boos op ons?" vroeg Tane.

Ik keek hem aan. "Nee. Hij was gewoon een andere Cerberus."

"Precies." Bahre hief zijn hand naar mijn wang, en ik leunde naar de aanraking. "Ik wil je naar huis brengen, partner."

Ik wierp een blik op mijn horloge. "Nog niet. Over een uur heb ik weer een live-uitzending, zoals je wel weet."

Zijn grom deed mijn hart een slag overslaan.

Tane begreep de boodschap. "Ik ga even bij de anderen kijken." Hij stapte achteruit op weg naar de trap. "Laat me iets weten over Assepoester en je ballen."

Ik barstte in lachen uit op het moment dat hij weg was.

"Vermaken we je, partner?"

"Ja." Ik keek naar hem op en wist precies wat hij dacht. Mijn gedachten waren bij hetzelfde. "Er zit een heel zwaar slot op mijn kleedkamerdeur. Ik heb er nu wel een, weet je."

"Is dat zo?" Hij tilde me in zijn armen en droeg me van de set af. Niemand schonk er aandacht aan, alsof het gewoon was dat een Atlan een nieuwslezer van de set droeg.

"En Ellen is heel, heel goed in het bijwerken van mijn haar en make-up."

Bahre grijnsde toen hij de deur van mijn kleedkamer achter ons dichtschopte en me tegen de muur duwde, waarbij zijn beestachtige gezicht al zijn intrede deed.

Mijn hele lichaam werd heet en strak voor hem. Mijn beest.

"We moeten ervoor zorgen dat ze iets te doen heeft."

Ik maakte mijn riem los. Bahre tilde de jurk over mijn hoofd en liet hem op de grond vallen.

Zijn penis zat seconden later in me, en ik klampte me aan hem vast. Zo heet. Zo nat. Zo klaar.

"Ik hou van je, Quinn. De mijne." Hij herhaalde het laatste woord bij elke stoot, zijn handen grepen mijn polsen en hielden ze boven mijn hoofd terwijl zijn beest de controle overnam, het nabootsen van de opeising op het transportstation. " De mijne. De mijne. De mijne."

Ik groef mijn hoge hakken in zijn billen, en hij gromde, harder pompend.

" De mijne," zei ik. "Mijn beest."

We brachten drie kwartier door, opgesloten in mijn kleedkamer. Ellen hapte naar adem toen ze me erna zag. Bahre zag er zelfvoldaan en tevreden uit, zittend op de speciale bank die ik speciaal voor hem had besteld en voor de andere Atlans die me in de make-upruimte in de gaten hielden. Ik lachte om Ellens geschokte gezicht. "Kun je me mooi maken in tien minuten?" vroeg ik haar.

Bahre leunde voorover, en onze blikken ontmoette elkaar in de spiegel. "Je bent al mooi."

Ellen kuchte naar me en wuifde hem weg. "Hij heeft gelijk. Je bent mooi. Maar schat, je bent een puinhoop."

"En gelukkig," zei ik.

Ze glimlachte naar mij, glimlachte naar Bahre in de spiegel, en ging aan de slag.

OOK DOOR GRACE GOODWIN

Interstellair Bruidsprogramma : De Beesten

Vrijgezellen Beest

Een dienstmeisje voor het Beest

De schoonheid en het beest

ENGELSTALIGE TITELS VAN GRACE GOODWIN

Starfighter Training Academy

The First Starfighter

Starfighter Command

Elite Starfighter

Interstellar Brides® Program: The Beasts

Bachelor Beast

Maid for the Beast

Beauty and the Beast

The Beasts Boxed Set

Interstellar Brides® Program

Assigned a Mate

Mated to the Warriors

Claimed by Her Mates

Taken by Her Mates

Mated to the Beast

Mastered by Her Mates

Tamed by the Beast

Mated to the Vikens

Her Mate's Secret Baby

Mating Fever

Her Viken Mates

Fighting For Their Mate

Her Rogue Mates

Claimed By The Vikens

The Commanders' Mate

Matched and Mated

Hunted

Viken Command

The Rebel and the Rogue

Rebel Mate

Surprise Mates

Interstellar Brides® Program Boxed Set - Books 6-8

Interstellar Brides® Program Boxed Set - Books 9-12

Interstellar Brides® Program: The Colony

Surrender to the Cyborgs

Mated to the Cyborgs

Cyborg Seduction

Her Cyborg Beast

Cyborg Fever

Rogue Cyborg

Cyborg's Secret Baby

Her Cyborg Warriors

The Colony Boxed Set 1

The Colony Boxed Set 2

Interstellar Brides® Program: The Virgins

The Alien's Mate

His Virgin Mate

Claiming His Virgin

His Virgin Bride

His Virgin Princess

The Virgins - Complete Boxed Set

Interstellar Brides® Program: Ascension Saga

Ascension Saga, book 1

Ascension Saga, book 2

Ascension Saga, book 3

Trinity: Ascension Saga - Volume 1

Ascension Saga, book 4

Ascension Saga, book 5

Ascension Saga, book 6

Faith: Ascension Saga - Volume 2

Ascension Saga, book 7

Ascension Saga, book 8

Ascension Saga, book 9

Destiny: Ascension Saga - Volume 3

Other Books

Their Conquered Bride

Wild Wolf Claiming: A Howl's Romance

OVER DE AUTEUR

Grace Goodwin is een USA Today en internationale bestseller auteur van Sci-Fi en Paranormale romans met bijna een miljoen verkochte boeken. Grace's titels zijn wereldwijd verkrijgbaar in meerdere talen in ebook, print en audio formaat. Twee beste vriendinnen, de een met een linkerhersenhelft, de ander met een rechterhersenhelft, vormen samen het bekroonde schrijfduo dat Grace Goodwin is. Ze zijn allebei moeder, liefhebbers van escape rooms, fervente lezers en onverschrokken verdedigers van hun favoriete drankjes. (Er is vaak een thee versus koffie oorlog aan de gang tijdens hun dagelijkse communicatie). Grace hoort graag de mening van lezers.

Mis geen enkel boek van het fenomeen Grace Goodwin, internationaal bestseller auteur en de koningin van science fiction en paranormale romance.

www.ingramcontent.com/pod-product-compliance
Lightning Source LLC
LaVergne TN
LVHW011822060526
838200LV00053B/3867

9 781795 911214